徳間文庫

県警本部捜査一課R

松嶋智左

目次

第一話　フレンドールの変

紫藤亜月《しとうあづき》という二十六歳の女性巡査長が、県警本部刑事部捜査一課に配属になった。

「よろしくお願いしますっ」

異動初日なので、紺の制服姿で体を二つに折った。それを見て、一課にある捜査班のひとつを任されている宝尾玲《たからおれい》は、紫藤がどちらのタイプかと値踏《ねぶ》みする。

管理官から渡された身上票《しんじょうひょう》には既に目を通している。前任は所轄の刑事課に在籍していたが、勤めたのは僅《わず》か一年余。それで本部一課にくるのだから、優秀な刑事だったのかと思ったが特段の表彰はない。若く、女性で、巡査長という立場で本部に異動というのは、正直違和感がある。

警察組織でも女性を多用しようという働きかけは、ずい分前から行われている。だが、大きな組織にありがちの、ひとまず体裁《ていさい》だけ整えて実質的なことは無理せずに徐々に改革してゆけばいいという、消極的な考えが根強くある。

うちの県警も女性警官の昇任を推奨しながら、いざ階級が上がると配属先は無難な部署ばかりという傾向があって、県警本部における女性の在庁率はよそより低かった。警察庁辺りからなにかいわれたのか、男女共同参画のてこ入れという形で、少し前から女性が本部に異動するケースが急激に増えていた。

身長一六九センチ、体重五五キロ、裸眼両目1・2。大学時代には陸上に打ち込んだという均整の取れた体軀《たいく》、面長の顔に丸い目と鼻、大きな口を持つ紫藤を見ながら、玲は湧きかけた憐《あわ》れみを呑み込んだ。

捜査経験の少ない女性巡査長に活躍してもらおうなど端から期待していない。所轄で刑事をしていたのだから、足手まといにならない程度の心得はあるだろう。恐らくそういった思惑から、本部異動が決まったのかと玲は推測した。巡査長なら次かその次の巡査部長試験に通る可能性は高く、そうなればすぐにまた異動だ。大した実働がなくとも警察庁に、うちの捜査一課でも女性が活躍しているという回答はできる。

玲はにこやかに笑んで、よろしく、と答えた。紫藤は天然パーマなのか、ちりちりした短い髪を揺すって、勢い良く「はいっ」と返事をする。

「紫藤さんは、独身寮?」

「いえ、清島《きよしま》三丁目の単身用マンションです」

「ああ、これマンションなのね」と玲は、身上票にある住所を再確認する。そこには他に、本籍や家族関係、趣味嗜好、病歴の有無などの個人情報が記載されている。もちろん、目を通すことができるのは玲のような、警部以上のみだ。

「清島三丁目って、本部の近くよね」

「はいっ。本部への異動が決まって、急いでこちらに移りました」と威勢のいい答えが返ってくる。その紅潮《こうちょう》した顔を見て、玲は心のなかでため息を吐いた。

紫藤亜月は、玲が期待していたタイプとは違うようだ。丸い目を星がこぼれるのではないかと思うほどきらきら輝かせ、一課の刑事となった限りは一意専心《いちいせんしん》、全力で仕事に打ち込むという満々の意欲を全身から発散させている。本部の近くに部屋を借りたのは、いつでもすぐに駆けつけ、朝早くにも夜遅い勤務にも対応できるようにと考えたからだろう。それはある意味、玲とは正反対の考え方だ。

玲は今年三十八歳になる。独身だが、それは決して仕事に身を捧げていたわけではなく、家事や夫の都合で自分の好きなことが制限されることを危惧《きぐ》し、自分の思う通りにさせてくれる相手を求めているうち、この歳になっただけだ。そもそも刑事課も好きで入ったわけではなく、捜査という名の下に午前八時四十五分から午後五時三十分と決められた就業時間を完全無視するような真似は、なるたけしたくないと思っている。異動希望はずっと警務課か地域課だった。それなのに女性の警部というだけで昨年の秋、本部一課の班長を拝命することになった。玲もいわば男女共同参画の犠牲者といえる。

「班長、紫藤の扱いはどうしましょう。なにかお考えがありますか」

宝尾班では階級、実力共にナンバー2ともいえる、三十六歳の警部補、檀芳樹《だんよしき》が近づいてきて尋ねる。檀は背が高く、筋肉質で容姿も並み以上、刑事課が長く、その鋭い目に宿る洞察力と思考によって数々の凶悪事件を解決に導いた優秀な刑事、と聞かされている。上にも受けがいいので、一課に檀ありといわれているそうだが、そう思っているのは一課以外の者だけ。ここにきてまだ半年の玲でも、檀が癖のある扱いの難しい人物であることはすぐに知れた。ひとことでいえばクールなのだ。クール過ぎて、周りが理解するより早くなんでもしようとするから、同僚部下は右往左往させられる。そんな檀に目をやり、玲は思案顔を作った。

「考えですか？　……それはやはり、新人だからできればベテランと組んだ方が」といいかけると、檀が切れ長の目を光らせて言葉を被せる。

「まずは班のやり方に慣れてもらうという意味で、班長付きということでどうでしょう」

「はい？　わたし付きってどういうこと？」

「つまり車の運転や身の周りの世話、連絡係などですね。そういったことをすることで、事件の全体像も把握でき、捜査手法も学べるものと考えます」

「え、でも。それじゃあ、うちのメンバーがペアを組めなくなるでしょう」

　檀が、唇だけで笑みを作る。笑っていない目が死んだ魚を思わせる。

「捜査本部ができれば所轄の刑事と組むことになるでしょうし。第一」といって檀は周囲を見回すように、肩を揺らした。

　宝尾班は、玲の机だけは少し離れているが、四台の机を向き合うようにして島を作っている。そこに檀を含めた三人の男性刑事が座る。余っている戸口に近い方の机が、紫藤の席だ。

　檀の向かいには、ベテラン刑事の國枝《くにえだ》太一《たいち》五十五歳、その太一の隣に、小向井《こむかい》輝《てる》三十歳が座る。國枝と小向井は巡査部長で、國枝は昔気質、小向井は現代風という、バラエティーにとんだチーム編成だ。

　前任の班長は凡庸《ぼんよう》な人だったらしいが、メンバーのお蔭かここ数年における事件解決で黒星はない。そんな優秀な班なのに、なぜか歴代の班長は長く務めることがなく、前任者も胃潰瘍で要安静となり、一年ちょっとで秋に異動した。

檀のいわんとしていることはわかる。紫藤を誰かと組ませるにしても、相手が檀や國枝では気の毒な気がする。かといって愛想がいい分、中身は薄いという小向井では勉強にならないだろう。今は檀と小向井がなにかと一緒に動いている。國枝に目を向けると、あからさまに視線を背けられて、玲は諦めた。

「わかりました。それではしばらくは、わたし付きで」

いいですね、と紫藤に促すと、再び元気よく、「お願いしますっ」と声を上げられる。

*

「班長、コンビニ強盗です」

ゴールデンウィークのあいだの平日、五月二日午前八時半過ぎ、一報が入った。玲は、ちょうど出勤したところで、部屋に足を踏み入れるなり小向井から知らされる。

「場所は？」

「蒲江《かまえ》市《し》北河戸《きたかわと》四丁目交差点角のコンビニフレンドール北河戸店です」

「状況は」と短く問うと、小向井は手元のメモをガサガサさせる。向かいで紺のパンツスーツを着て立っている紫藤が、大きな声で報告を始めた。

「午前八時ごろ、サングラスにキャップ、マスク、フード付きの黒い上下を着た男性と思われる人物が一名、包丁のようなものを突きつけ、レジに金を出せと要求。レジにはコンビニの店長である四十代の女性が一人、他に従業員はいませんでした。また、客は一名いましたが、すぐに外に飛び出して被害はなし。お金を渡すも、犯人は武器を振り回し、店長が負傷。救急搬送されたそうですが怪我の程度は不明。その後、被疑者はバイクで逃走。緊急配備が発令されました」

　玲は紫藤の目を見て、しっかり頷いてみせた。

「では檀さん、國枝さんすぐに」といい終わる前に、檀と國枝はもう背を向けている。それを見て小向井も慌てて走り出した。玲が支度をする側では紫藤が全身をむずむずさせ、足踏みまで始める。

「車の鍵は」と問うと、指先にキーホルダーをぶら下げて振り回し、散歩をねだる犬のような目を向けた。

「行きましょう」というと犬はダッシュする。仕方なく、玲もかけ足をした。

　蒲江市は県の北部に位置する中規模の街だ。北河戸は私鉄の駅とＪＲの駅に挟まれたエリアで、管轄は河戸署になる。現場に着くと、フレンドール北河戸店前は騒然としており、既に所轄によって規制線のテープが張り巡らされていた。その前では交番勤務員が数名立哨《りっしょう》しており、署の刑事は地取りに動いているとの報告を受ける。

檀は、からくも逃げ出したという客から話を聞き終え、今は小向井と共に防犯カメラの映像を確認しているらしい。國枝は――姿が見えない。

鑑識が終わるのを待って玲は紫藤と共に店の中に入った。店内に特に乱れた様子はない。犯人は入るなり真っすぐレジに向かったということか。レジカウンターの上に血痕《けっこん》が散っている。首を回して防犯カメラの位置を確認した。

「四台ありますが、ドア側とレジ前のが有力ですね」と紫藤が首を伸ばしてカメラレンズを覗き込む。バックヤードで確認している檀と小向井が舌打ちしているのが聞こえそうだ。

「店長の怪我の具合はわかる?」

紫藤が所轄の刑事を見つけて走り出そうとするのに更に声をかけた。「奪われた金額も訊いてみて」

はい、っと背中で返事をする。

玲は、カウンターの内側に入り、周辺を見回した。レジの下にバインダーがあり、取り出してみると、今日の予定などが書き込まれている。勤務表には、バイトらしい氏名と勤務時間や配置が記されていた。

　午前八時の時間帯は、店長のみでバイトはいない。ゴールデンウィークとはいえ中日の平日だからそれほど忙《いそが》しくないのか。十時に一人入る予定になっている。店長と二人態勢になるが、午後四時にそのバイトは交替する。四時に入るバイトの名前が変更されていた。滝田群司《たきたぐんじ》という名前が二重線で消され、横に新村《にいむら》とだけある。

「班長、大変です」

　紫藤が血相を変えているから、玲はなにごとかを目を見開いた。

「盗まれた額はおよそ三十万ほどだそうです」

「は？　なんで。朝八時のコンビニにどうしてそんな大金があるの」

「救急病院に搬送された店長から直に聴取したそうで、あ、店長は左腕に裂傷《れっしょう》を負いましたが命に別状はないそうです。大した怪我でなくて良かったです」と安堵に頬を弛ませる。

「良かったわね。それでお金のことは？」と玲が催促すると、紫藤は慌てて真顔に戻る。

「なんでも今日、娘さんの大学の費用を入金するつもりでレジのなかに銀行の封筒に入れて置いていたそうです。犯人がそれに気づいて出せというので、仕方なく渡したと店長さんは非常にショックを受けた様子で語ったそうです」

「それが三十万か」玲は、首を傾ける。そこに檀がバックヤードから出てきて、いきなりいう。

「バイクが放置されている場所に行って、その周辺を見てきます」

「え。バイクが放置？」

檀が指先でこめかみを忙《せわ》しなく打つ。それを見て、玲は慌ててイヤホンを装着した。無線のやり取りが飛び込んでくる。

「わかりました。それで國枝さんはどこに行ったか知りませんか」

檀は無視してドアに向かう。小向井が、「あー、たぶんですが、この辺に屯《たむろ》している半グレに当たりにいったのではと思います」といって檀のあとを追いかけた。すぐに捜査車両が赤灯を回して出て行くのが見えた。

國枝は組織犯罪対策課の経験もあるから、半グレやヤクザ関係にも強い。コンビニ強盗などという荒事をする人間に心当たりがないか、不審な人物を見聞きしていないか聴き取りに行ったのだろう。

檀は檀で扱い難いところがあるが、國枝もまた一人で気ままに動く癖があって厄介だ。大昔はそれで通ったかもしれないが、今は受傷事故防止の観点からして最低でも二人一組で職務を遂行するよう厳しくいわれている。なにかあったら、それは玲の責任で、万一にでも部下が負傷するようなことになれば、玲の身上票には付箋が付けられる。それはこの先、どこに行ってもずっと問題ありとみなされるということだ。もちろん、一線からは外され、問題のない部署ばかりを異動させられることになるだろう。

それはそれで玲にしてみれば、望むところでもあるのだが。いやいや今はそんなことを考えている場合ではない。

顔を上げると、きらきらした目で、今にも駆け出さんばかりに足踏みをしている紫藤が目に入った。ため息を吐き、「所轄に行きましょう。捜査本部を立てることになる」と告げる。紫藤は、はいっ、と返事をして店の外へと飛び出していった。

あとを追って出た玲は、コンビニのガラスに貼ってあるポスターに気づいて、胸が締めつけられそうになるのを、シャツの襟元を握り締めて堪える。

「班長、どうかされましたか」立哨する交番員に心配顔をされた。

「いえ、なんでもないの。ご苦労さま」

挙手の敬礼をする警官に片手を上げて応え、玲は、五月五日のこどもの日、アリーナでアイスショーが行われるというポスターから目を離した。

＊

河戸署の四階にある会議室の入口の壁に、「コンビニフレンドール北河戸店強盗致傷事件捜査本部」の看板がかけられることになった。

緊急配備の甲斐もなく、犯人は捕らえられなかった。その一報を聞いたとき、いつにも増して玲は犯罪者を憎んだ。お前のせいで彼と会えなくなり、チケットが無駄になったら一生恨むと口のなかだけで繰り返す。

緊配が解除されるのを待って、捜査会議が始まることになった。玲は落ち着いた表情を装いながら会議室に入る。捜査本部長となる一課管理官は既にこちらに向かっていた。もしかすると一課長もくるかもしれない。その前に、初動捜査班の報告書、地取りの復命、防犯カメラの映像などを確認しておかなくてはいけない。逃走に使用されたと思われるバイクを確保できたのは良かったが、付近の映像を確認するも犯人特定には至っていない。

「あ、そうだ」

玲はスマホを取り出し、タップする。十回近いコール音のあとようやく応答があった。

「國枝さん」

「なんですか」

面倒臭そうな返事にむっとするが、玲は構わず続ける。「十時半に捜査会議を行います。河戸署の四階会議室」

「班長、そういうのＬＩＮＥで構いませんよ」

「なにか情報を得られましたか」これが訊きたかったからわざわざ電話したのだ。

「いやあ、特にはないですね」

「そうですか」なんとなく、國枝のいい方に含みがある気がした。問い詰めたところで、なにもいわないだろうと諦め、「遅れないようにお願いします」とだけいって切った。

紫藤がホワイトボードに事件の詳細や、これまで判明したことなどを書き込んでゆく。それを見ながら、気づいたことを玲は口にしていた。

「店長は新村悦吏子《えりこ》四十三歳。元々、酒屋だったのを五年前にコンビニに改装したが、夫は二年前に死亡。娘が一人、大学生で二十歳か。ということは悦吏子が一人で切り回しているってこと？」

マーカーを握った紫藤が振り返り、「バイトを二名雇っているようですが、娘さんが、えっと」といって手元の資料に目を落とす。「娘の新村莉里《りり》さんが時どき手伝っているみたいですね。今日も、夕方から入る予定だったとか」

「夕方」そういえば勤務表に滝田の名を消して新村の名が書き込まれていた。滝田は急な休みを取ったのか、それともバイト自体辞めたのだろうか。

「十時からのバイトさんも娘さんも難《なん》を免れて良かった。莉里さんは今、病院？」

「はい、こちらから連絡する前に、ネットニュースで見たといって駆けつけてこられました」

「駆けつけて？　自宅は確か店の裏じゃなかった？」ホワイトボードに書かれている自宅住所を確認する。

「そうですが、莉里さんはファミレスのバイトで朝六時からの早朝シフトに入っていて、同僚から教えられて気づいたようです」

「ファミレスでバイト？　母子家庭になって苦しいのかしら。コンビニ経営も楽じゃないそうだし」

「だと思います。あの辺りはコンビニ激戦区ですから」

襲われたフレンドールと道路を挟んで斜向《はす》かいにも別のコンビニがある。こちらの方が店舗も広く、品揃えもいいから近くの交番員もそちらを利用しているそうだと付け加えた。

「大学に支払うお金を丸々盗まれて、さぞかしショックでしょうね」

はい、と紫藤も少し前までは大学生だったからか、気の毒そうに目を伏せる。

「生田《いくた》管理官がこられました」

号令がかかり、玲は起立して背筋を伸ばした。紫藤は、講義型に並んだテーブルの最前列に回って直立する。

管理官である生田祐二《ゆうじ》警視が部屋に入ってきたが、なぜかドアの横に控える。続いて一課長が現れたのを見て玲は慌てる。すぐに視線を会議室全体に配り、班員を捜した。檀と小向井の姿は確認できたが、國枝はどこだ？　眉間が段々狭くなってくっつかんばかりになりかけたころ、最後列の端に國枝が後ろのテーブルに尻を乗せて立ったふりをしているのを見つけてほっと胸を撫《な》でおろす。

「礼、着席」

生田の指名を受けて、玲はホワイトボードの側に立ち、資料を繰りながら事件の詳細を話す。その後、事件発生後、緊配が解除されるまでのあいだに集められた情報を開示してゆく。

機動捜査隊、所轄署員、鑑識課員、一課宝尾班などが順次、報告する。それらを全て聞き終わって一課長が捜査員に発破をかけ、生田と玲に、「あとは頼む」といって背を向けた。全員起立し、体を折って見送る。そして小さく安堵の息を吐いた。

生田はノンキャリながら警視にまで昇りつめた。同じノンキャリの捜査員らにすれば、敬いつつも課長よりずっと心安く思える人物だろう。一課長はキャリアで、二年かそこらで県警を出てゆく。ただ、ノンキャリには行き着けない警視長や警視監、警察庁の幹部になる将来があるから、それなりに気を遣う。生田は年齢が國枝よりも二つ上の五十七歳。管理官を二年ほど務めたなら、また異動し、最終的にはどこかの署長か副署長になって定年を迎える。残りの景色が見えているせいか、事件解決に熱意をもって当たるというより、つつがなく犯人を見つけ、素直に自供してもらって検察に文句をいわれない送検をしたいと、そう願っている。そんな気持ちが言動にちらほら表れるのが管理官としてちょっと問題ではあるが、玲とは気が合った。異動してから生田とは何度か飲みに行ったこともある。

「防犯カメラはどうですか」と生田が顔を向けた。

「はい」と玲は手元の写真を持ち上げる。同じものは既に配っていた。

「レジ前のものにはっきりと映っていますが、あいにくサングラスにマスク、フードを深く被っており容貌は確認できません。男性で、恐らく二十代後半から四十代。身長は一八〇センチ前後、中肉。乗り捨てられていたバイクはその後、盗難車とわかりました。見つかった付近のカメラ映像でも同じ人物が捉えられていますので、現在、鑑識にバイクを精査してもらっているところです」

「わかった。それでこのあとはどうする？」と生田が問いかける。

「はい」と返事して玲は、こういう事件の際にするべき捜査の段取りを淡々と述べる。その後、捜査一課と所轄員をペアにして、地取り、鑑取《かんど》りの班分けをするのだが、みな誰と組むのかという顔つきで玲を見つめてくる。特に紫藤が真剣な眼差しを向けていた。

まず國枝については、誰をつけても置いてきぼりにされるのがわかっているので、GPSを必ずオンにしておくという条件で遊撃《ゆうげき》に回す。その分、紫藤を署の刑事課員と組ませた。

檀が嫌そうな目つきをしたが、構わずベテラン巡査部長を選んで指名する。大前久《おおまえひさ》通《みち》という五十代の所轄一係刑事で、紫藤はすかさず走り寄ると、「お願いします」と頭を下げた。

全員が捜査に出て、会議室はたちまち空っぽになった。生田がのんびりした口調で話しかけてくる。

「元気な人のようですね」

紫藤のことだと気づいて、玲は軽く睨《にら》むような目で見る。

「うちの班に入れたのは生田管理官のお考えですか」

「いやぁ、まあ。同じ女性同士、色々、いいかなぁと」

「そうですか。お気遣い痛み入ります」

「あれ?」と生田は困った顔をする。「なんか不服そうだなぁ。まずかった?」

「いえ、そんなことはないです。元気でやる気満々ですから期待できます、わたしと違って」

「ははは。いやいや、そんなぁ。宝尾さんだって優秀じゃないですか。でなきゃ、うちの数少ない女性警官で、捜査一課班長に抜擢されるなんてないでしょう」

生田は、玲が所轄の刑事課長だったとき、大きな事件を解決に導いたことをいっている。もちろん、全捜査員の努力の結果でもあるのだが、あの年は冬季オリンピックが開催される年だった。玲の、事件を一刻も早く解決したいという強い熱意が最高潮に達していたといっていい。それが部下達にもうまく伝わったのだ。

「今年はどうですか」と生田が含み笑いをしながら尋ねる。玲の仕事に対する意欲の源になるものをこの生田は知っていた。何度か飲みにいくうち、うっかり口を滑らせてしまったからだ。

「なんかイベントなかったかな」

「特には。通常通りの大会とショーですね」

そういえば、と生田は宙に目をやって呟く。「ゴールデンウィークにアイスショーがあるんでしたね」

玲はぎょっとして生田を振り返ると、ネットでたまたま見つけてね、とにっと笑う。

「事件、早く解決できるといいですね」

玲はむっと口を引き結び、ホワイトボードに目を向けた。なんだかいいように生田に操られている感じがしないでもないが、それでも早く解決するにこしたことはない。

玲はチケットの引換番号を入れている胸ポケットを押さえた。インターネットアプリでの引き取りの場合、キャンセルは駄目だったが、発券する前ならリセールできる筈だったと、一抹の不安と共に考える。

五月五日、午後六時半開始予定のアイスショー。プロのスケーターだけでなくオリンピック選手も出る。もちろん、そのなかには銀メダリストの宇都宮《うつみや》蒼《そう》も入っていた。ゴールデンウィークのショーで、この日だけの特別な演目もあって人気が高く、玲は必死の思いでチケットを手に入れた。それを無駄にするのかと想像するだけで身悶えしそうだ。

宇都宮蒼は素晴らしいフィギュアスケーターだ。四回転ジャンプも全ての種類を完璧にこなすし、ステップやスピンも華麗で、助走の滑りすらも美しい。どんな大きな大会でも緊張することなく、自分の力を発揮できる日本スケート界における屈指の選手であり、世界の宝であって玲にとっては推し様だ。満を持して迎えたオリンピックであったから、ショートもフリー演技もライブ映像を見逃したくなくて、玲は当時、扱っていた連続傷害事件の解決にそれこそ命がけで取り組んだものだ。お蔭で犯人逮捕にこぎつけ、平穏な気持ちでテレビの前に正座できた。

ところがその蒼が、フリー演技で得意の四回転ルッツの着地に失敗し、二位に甘んじた。玲はテレビの前で悲鳴を上げた。だが蒼はインタビュアーの前に笑顔で現れ、次のオリンピックでは必ず金メダルを獲ると誓ってくれた。本当なら海外の試合も全て見に行って応援したいのだが、いつ事件が入るかわからない刑事の立場ではそうはいかない。せめて、蒼を直接目にできる国内の試合やショーに出向くため、どうか仕事が入りませんようにと常に念じている。

生田はそんな玲の気持ちを逆なでするように、「このアイスショーって今回限りの特別演出なんだってね」などという。

思わず、「もちろん、事件の早期解決を目指します」と声を張ってしまい、生田を喜ばせたことに唇を噛む。

＊

防犯カメラ映像は、現在の捜査には欠かせない。街中でその数はどんどん増え続け、今ではその映像を辿るだけで犯人の特定や逃亡先を明らかにできるほどだ。

容疑者が浮かんだとの報告を受け、昼過ぎに急遽、捜査会議を行うことになった。ひとまず集まれる者だけが席に着くが、檀と小向井はいても國枝は当然、現れない。

「滝田群司？」

玲は呟いて、ホワイトボードに貼られた写真と記入されたその経歴に目を通す。

年齢は二十八歳で独身。背は高く中肉。俳優のように目鼻立ちの整った容貌《ようぼう》をしている。昨年、失業してからコンビニや宅配のバイトを掛け持ちして生活費を稼いでいるらしい。

そういえば、と勤務表のなかに滝田の名前があったことを玲は思い出した。

紫藤がさっそく立ち上がって報告する。

「滝田群司は、昨夜、店長の新村悦吏子と揉めて、突然、バイトを辞めたそうです」

「昨日？　急に？　理由は？」

「はい」といって紫藤と組んでいる所轄の大前刑事が立ち上がる。「悦吏子に確認したところ、常からバイト時間に遅れたり、商品を勝手に消費するなど問題があって、改めないのなら辞めて欲しいといったそうです」

「どんな風に揉めたの？」

「相当、恨みがましいことをいわれたようです」

捨て台詞のように、覚えておけ、とまでいわれたらしい。

「なるほど。それで？」

紫藤が勢い込んで喋り出す。

「フレンドールのもう一人のバイト店員である阿部郁美《あべいくみ》さんに防犯カメラの写真を確認してもらいました。サングラスにマスクですが、滝田によく似ているとの証言を得ました。その後、滝田の住所を訊いて自宅マンションを訪ねましたが留守で、近隣に確認したところ、深夜二時ごろ帰ったと思われる物音が聞こえ、今朝も早くに扉の開閉の音を耳にしたそうです」

「マンションのカメラは？」

「それが古いマンションで、表玄関とエレベータ内にしかカメラはありません。二時ごろに戻ってきた姿はありませんでしたが、今朝、七時過ぎにマンションの玄関を通る滝田らしき映像がありました。フードを被って俯いたままだったため顔は確認できませんでしたが、コンビニ強盗犯と体型も服装も酷似しています。以降、マンションのカメラに滝田の姿は映っていません」と残念そうに付け足した。

阿部郁美の写真も念のためとボードに貼ってある。二十三歳で独身。大学卒業後、バイトをしながら就活を続けている。地方出身でアパートに一人暮らしだということだ。吊り上がった細い目に、尖った顎が癇性《かんしょう》なイメージを与える。

大前が、それで、と落ち着いた声で、肝心な話をする。

「改めて店長の悦吏子にも写真を見てもらい、滝田に似ていませんかと訊いてみましたが、首を振られましたよ」

「わからないということ？」

玲が訊くと、大前は太い首を傾けた。「いえ、はっきり違うといいましたね。サングラスやマスクをしていても、滝田くんならわかるというんです」

「そうですか」と玲は残念そうな声にならないよう相槌を打つ。

悦吏子は、直接、犯人と接触しているから、知り合いなら気づいた可能性はある。昨日、バイトを辞める辞めないで揉めたのなら、容疑者の可能性はあったが違うのだろうか。となると証言した阿部はどういうことか。なぜ滝田に似ているといったりしたのか。それに答えたのは、檀だった。

「阿部郁美は、滝田に振られて遺恨を抱いていると思われる」

「えっ」と驚き顔をしたのは紫藤で、大前は、そういうことか、と頭を搔《か》く。

「滝田は写真からもわかる通り、そこそこいい容姿をしていて女性にはモテた。同じバイト仲間の阿部と付き合っていたようだが、半年ほど前に別れたらしい。阿部の方は未練があり、滝田の新しい女性に恨みを抱いていたと思われます」

会議場にいる捜査員から、感心するようなため息が漏れる。僅《わず》かのあいだに、よくそこまで調べたものだ。玲も改めて、檀の捜査能力の高さを感じる。

「で、ですが、付き合っていたのならなおさら、顔を隠していても元恋人だと気づけるんじゃないでしょうか」と紫藤が立ち上がって反論を述べる。

こちらも別の意味でため息が漏れた。若手の新人でありながら物怖じせず、しかも初めての捜査本部で意見をいうなど、なかなかできることではない。それも一課に檀ありといわれる刑事に対する反駁なのだから、悪い意味で感心した。

「阿部は滝田に対し、ストーカーまがいの行為をしていた」

檀が駄目押しのように手の内を見せる。さすがの紫藤も力なく席に座り込んだ。

「檀さん、短時間によくそこまで調べられましたね。裏は取っていますか？」

玲が尋ねると、もちろんです、と隣に座る刑事に顎《あご》を振った。檀と組む所轄刑事で、三十代後半くらいの巡査部長だが、まだ半日ほどしか経っていないのにずい分、疲弊した顔をしている。

「現場周辺で、フレンドールを利用する客に話を聞いて回ったところ、店員である滝田と阿部が店の近くでいい争いをしているのを目撃したとの証言を得ました。それが一週間ほど前だということで、すぐに阿部について調べてみました」

「滝田を直接当たるのは、無謀で早急だと考えましたので」と檀がちくりと告げる。

なるほど、と玲は思う。滝田は男だから犯人の可能性がある。大した証拠もなしに直当たりすれば逃亡の恐れも出てくる。視線だけ流して紫藤を見ると、顔を引きつらせていた。

「阿部の親しい友人から話が聞けました。半年ほど前に滝田に捨てられ、ずい分と落ち込んでいた、諦め切れないと酔って泣いていたそうです。その後、コンビニから少し離れた店舗や路上のカメラを確認したところ、滝田がバイトを終える時刻に阿部の姿がいくつか捉えられていました」

玲は小さく頷き、「その映像を提出してください」といったあと、「それで、阿部さんが滝田の新しい女性に遺恨を抱いているというのはどこから出ました？」と問うた。所轄刑事はちょっと不安げに檀を見やる。檀が息を吐き、「滝田と阿部が揉めていた際、どこの女よ、といったヒステリックな叫びが聞こえたという人がいました」と答える。

まあ、それだけで嫉妬し恨んでいたというのは早計だが、それでも檀の聞き込みの量も早さも群を抜く。所轄刑事は檀の指示で、関係者の捜索、聴取、果てはカメラの精査まで相当こき使われたのだろう。止まらない汗を必死で拭う顔を見て、微《かす》かな同情を覚える。いずれペアを替えた方がいいかも知れないと思いつつ、玲は立ち上がる。

「ひとまず、滝田群司と阿部郁美、そして新村悦吏子の鑑取りに加えてコンビニの利用客を中心に付近の聞き込みをお願いします。特に、滝田の所在は早急に確認して」

紫藤が大きく何度も頷き、檀は、いいだろうという風にゆったりと首を縦に振る。

玲は捜査員全員を見渡し、言葉を続けた。

「現在、捜査支援分析課において防犯カメラ映像から逃走した犯人の行先を追ってもらっていますので判明次第、随時、連絡を入れます。次の捜査会議は午後七時、以上」

　いい終わると全員がガタガタと椅子を鳴らして、部屋を出てゆく。空っぽになったのを確認して玲は席に着き、パソコン画面を開けた。GPSを確認すると、國枝は河戸駅前付近にいる。拡大して目を凝らすと、どうやら悦吏子が搬送された救急病院らしい。止まっていた表示が動き出したのを見て、タクシーにでも乗り込んだかと、玲はスマホを手に取った。電話でなくLINEにして、捜査会議での内容と今、どういう状況か尋ねる文言を書き込んだ。五分くらいしてから返信がある。

『新村悦吏子が病院を出たので追跡中』とあるだけで意図がわからない。すぐに、『なぜ？』とこちらも短く問い返すと、しばらくしてから返信がある。

『娘の莉里の様子が気になる』

　莉里？　玲は詳しくいうよう指示を送ったが、いっこうに返信がない。待っているだけなのもなんなので、改めて襲撃の際のカメラ映像を見返した。横から生田が、

「どうした。なにか気になるのか」と訊いてくる。

「ああ、いえ。ちょっと」

「ちょっと？」

　玲は、犯人が包丁らしきものを振り回して悦吏子の腕を傷つける様子を何度も繰り

返した。レジカウンターを挟んで、得物を突きつける犯人と向き合っている。

「お金を渡したあとに切られています」

「そうだね。うん？　おかしいか。金を出すのを渋ったから、脅すつもりで包丁を振り回したわけじゃなく、渡したあとか。なんでこいつは切りつけたんだろう」

「考えられるのは悦吏子がなにか余計なことをいったとか」

「犯人の気に障ることをか？」

「そうですね。あと」

「あと？」

「二人の距離ですね」

「距離？」そういって生田も顔を寄せて映像を覗き込む。「近い？」

「はい。普通、強盗が目の前にいたならなるたけ距離を取りたいと思う筈です。特にお金を渡したあとは、身を守るため後ろの棚まで下がるのじゃないでしょうか。だけど、悦吏子はレジカウンターの前に立っている。そのせいで犯人に腕を切りつけられることになった」

「ふーん。まあ、パニックを起こして身動きができなかったというのもあり得るからな」

「そうかもしれません」と玲は頷き、國枝からの返信がないスマホをポケットにしまった。

＊

紫藤が阿部郁美を任意同行してきた。

隣で大前が頭を掻きながら、「改めて滝田との関係を確認する必要があると思いまして。本人も今日はコンビニが休みになるだろうし、暇だからいいといったもんで、きてもらいました」と弁解する。紫藤も大前も、嘘を吐かれたのがよほど頭にきたらしい。意気込む二人の様子に呆れつつ、そういうときは事前に報告してください、と注意する。すみませんっ、と勢い良く体を折る紫藤にため息を吐くが、大人しく応じた阿部から話を聞くのもいいかと思い直す。

参考人なので取調室でなく小会議室を使う。玲もなかに入って、部屋の隅の窓際に立って聴取の様子を眺めた。紫藤が長テーブルを挟んで阿部と向き合い、その後ろに大前が控えた。滝田との関係を問うと、あっさり認めた。

「滝田さんを恨んでいましたか」

「まあね。だって結構注ぎ込んだのよ。あたしだってかつかつの暮らしなのに」と阿部は濃い化粧を施した目をいっそう吊り上げ、頬を膨らませる。

「注ぎ込んだというのはお金ですか？　いくらほど」

うーん、と思案顔をして阿部は、「全部で百万近くはいくんじゃないかな。それ以外にデート代も食事代もホテル代もあたしが払っていたし」という。

すかさず大前が、「阿部さんもコンビニのバイトで生計を立てているんですよね。そんな大金、どうされましたか」と突っ込んだ。途端に阿部は、しかめ面《つら》を作る。

「他になにかバイトしていますね」ベテランらしく大前が、どうせ調べたらわかるんですからと、親が説得するように語りかける。

阿部は仕方なさそうに、「まあ、デートで」という。紫藤がむっとした顔で、「売春ですか」と口調をきつくした。

金がない阿部に、手っ取り早く儲けられるからと滝田が勧めたらしい。最初は抵抗したが、やらないのなら別れるといわれて応じたということだ。

「そこまで貢いだあたしを捨てるなんて信じられない。そうでしょ？　なのに滝田ったら、他に好きな女ができた、よりを戻したいならもっと稼げって。酷《ひど》くない？」

「その腹いせに、強盗は滝田に似ているといったわけですか」

紫藤が睨みつけると、阿部は唇をへの字にする。「別に。滝田だって断言したわけじゃないし。似ているっていっただけでしょ。背も高いし、似てるじゃない」と嘯《うそぶ》く。

阿部は売春したことよりも、滝田の不実を詰《なじ》る。相手の女を罵ることはしても、腹いせに滝田が強盗犯だと適当な証言をしたことはなんとも思っていない。

紫藤がすっかりしょげた顔をするのを見て、玲は窓を向いて苦笑いをこぼした。そして、次に大前が問うた質問に耳をそばだてる。

「で、その滝田の新しい女というのは誰ですか。別れたあとも、滝田のあとを追い回していたみたいだから、知っているんでしょう?」

「追い回していたなんて失礼ね。何度か様子を見守っていただけよ」

「なるほど。で、誰ですか」

阿部は唇の端を上げて、下卑《げび》た笑みを浮かべた。

「決まっているじゃない。店長の娘よ」

紫藤が唖然《あぜん》とする。大前と玲は、合わせたように小さく頷いた。

コンビニ経営はなかなか難しいと聞く。場所や環境、景気にも左右されるし、売れる店舗とそうでない店舗に大きな差が出ることもある。

フレンドール北河戸店は売れていない店だった。バイトは雇っているが、滝田と阿部の二人が時間帯を決めて交互に働き、人件費もなるべくかからないようにしていた。その分、娘の莉里が時間を作って入り、忙しい時間帯のみ二人態勢にしていた。当然、滝田と莉里が一緒のシフトにつくときもあった。滝田は見栄えがいいだけでなく口もうまいらしいから、楽しかったのではないか。男だから力仕事は引き受けてくれる。莉里が滝田を頼るのは当然だろうし、好意を持った可能性は充分ある。若《も》しくは、滝田が触手を伸ばしたか。

だが、阿部の話を信じるなら、滝田は誠実な男ではない。果たして、莉里と滝田はどうなのか。

阿部を帰したあと、捜査本部に戻った紫藤が自説を披露する。

「莉里は滝田に誘惑され、売春を強要された。だけど嫌だったので別の方法で金を作ることにした。それがあのコンビニ強盗です。あの日、お金がレジにあるのを莉里なら知っていた筈です。なにせ自分の大学に支払うお金ですから。そのことを滝田に教え、奪ったらいいといったのではないでしょうか」

雛壇《ひなだん》の席で腕を組みながら、生田はうんうんと首を揺らす。そして、「だけどそれだと滝田だけがリスクを負うんじゃないか？　強盗だよ。三十万のためにそんな真似するかな」という。

紫藤が眉間に皺《しわ》を寄せて思案顔を作ると、大前が助け舟を出す。

「いざとなれば莉里が庇《かば》うから事件にはならないといったかもしれませんね。一方の滝田にも、金を得る目的以外に悦吏子に対する恨みもあった」

いきなり悦吏子を傷つけたことからも、その線はあり得た。

大前が病院にきた莉里の写真をスマホで盗み撮りしており、それを見ながら、うーん、と玲は呻《うめ》く。大学二年生で二十歳。肩までのくせ毛の髪に化粧っけのない顔。黒目がちの目は小動物のように愛らしく、美人ではないが純朴そうな感じがする。母親の悦吏子の写真もあるが、病院に運ばれたときのものだからか、青ざめ引きつった顔をしていた。莉里と似た目と口で、四十代のわりには白髪が多いかなというくらいで、ごく普通の女性だ。

玲は、國枝が悦吏子・莉里親子をマークしていることを思い出し、スマホを取り出した。ＬＩＮＥで確認するよりは、直に訊いた方がいいと、『今すぐ会議室へ』とだけ短くメッセージを送る。

＊

國枝が戻ってくるのとほぼ同時に、檀のペアも会議室に現れた。

檀と組む所轄刑事は、疲弊を通り越して顔の色を失っている。真面目な性格の刑事が檀と組むと心身をすり減らすらしく、前の事件でも聞き込み先で若い刑事が吐き戻すという騒ぎが起きた。小向井のようなタイプがちょうどいいのだが、ふと紫藤はどうだろうかと思いつくが、いやいやまだ早いと玲は胸のなかで首を振った。紫藤の隣で頭を掻いている大前刑事が視界に入り、檀と組ませるならこっちだなと納得する。

「それで國枝さん、新村悦吏子、莉里親子は今どこにいるんです？」

國枝は渋々のように雛壇へ歩み寄る。一見茫洋《ぼうよう》とした容貌ながら、いざ事件となると鋭いひらめきと若手顔負けの機敏さを見せるのが國枝太一だ。一課にきてから檀よりも國枝に手を焼くことがわかって、ずい分と苛立った。当初は玲が女だから勝手をするのかと思ったが、その後、そうでもないらしいと知って少し気が楽になった。前の班長のときも同じようにふるまい、叱責されても事件さえ解決できればいいだろうという態度を終始、貫き通したという。そんな話を聞いてから、玲なりにこの一課の優秀な刑事達を手なずけるのではなく、上手に操縦する方法を考えるようになった。仕事ができるのは間違いないから、とにかく規則の徹底よりも事件を迅速に終わらせる、そのことだけに集中しよう。結果的に、玲も残業や休日出勤をしないですむことになるのだから、ものは考えようだ。

國枝に対し、上司とのやり取りをLINEですませることに目くじらを立てず、必要なことを必要なだけ聞き取ることに徹する。そんな玲の態度に、國枝もなにかを感じたのか、素直にこれまでのことを簡潔に報告し始めた。

「フレンドール北河戸店周辺で屯する半グレ連中を当たりましたが、特に出てきませんね。滝田というバイトと阿部のことは、もうわかっているそうだから省きますが」

「二人が痴話喧嘩していたという話でも聞けた？」

國枝は首を上下に振り、「その滝田ですが半グレのなかでは知られていました」といって話を続ける。

滝田群司はやはり碌《ろく》でもない人物らしい。顔がいいのを武器にして若いのから中年まで女と見れば声をかけて金をせびろうとする。果ては風俗で働かせたり、親の金を盗ませたりと犯罪すれすれの行為を繰り返しているそうだ。そんな女の一人を風俗に沈めたという半グレがいて、素人《しろうと》の方が質《たち》が悪いぜ、と笑ったという。

「滝田はもっぱら女相手ですね。薬もやっているかと思ったんだが、暴力団は怖いらしく、自分が危なくなるようなことには手を出さないとか」

「なるほど。で、新村親子は？　莉里はやはり滝田と関係している？」

國枝が頷きかけると、檀が割り込んだ。

「大学と自宅のあいだにあるラブホテルに、莉里と滝田と思われる男が入るのを見たという証言を得ています」

玲だけでなく、生田も軽く目を瞠り、なぜか紫藤が残念そうに肩を落とす。

「ラブホですか。そのことを悦吏子は知っているのかな」

目を向けると、檀がなにもいわないのを見て國枝が口を開いた。

「滝田と莉里の関係を知って、悦吏子が搬送された病院に出向いたんですが、偶然、二人が揉めているのを耳にしました」

偶然？　と思いながら、病室のドアに耳を当てている國枝の姿を想像する。そこは突っ込まず、「どんな話が聞けました？」と尋ねる。

「滝田に違いない、いやそんな筈ない、といい争う声が聞こえましたね」

「滝田に違いないといったのは、襲われた悦吏子なんですね？」と玲が念を押すと、國枝ははっきり首を縦に振った。

えーっ、と甲高い声を上げたのは紫藤だ。

悦吏子は防犯カメラの映像写真を見て、滝田ではないと断じたのだ。だからてっきり阿部が嘘を吐いたと思ったのに、今になってそれが逆の可能性が出てきた。

檀の形相が変わり、國枝は軽く肩をすくめる。生田と大前は無表情のまま國枝の話の続きを待つ。

「それで？」と玲は促した。

「悦吏子の怪我が大したことなかったため、二人は揃って病院を出ました。それが二時過ぎ。向かった先は自宅だとは思いましたが念のため尾行したところ」

「ところ？」

「途中で娘の莉里だけがタクシーを降り、そのまま駅の方へ走って行った。車内でまた口論でもしたのでしょう。わたしはひとまず悦吏子を追って、コンビニの裏側にある自宅前で降りたところを捉まえ、もう一度、話を聞きました」

だが悦吏子は、カメラに映っている犯人は滝田ではないと、白々しく繰り返したそうだ。更に、「新村さん、夕方から店を開けたいといってましたよ」と國枝がいう。

「え？　今日の夕方から？　でもまだ現場保存中でしょ」玲が生田に顔を向けると、首を傾げながらも、「まあ、絶対駄目だともいえないけどね」と答えた。

玲は、ふうむと考えながら腕を組んだ。そこに檀が、新たな証言を得ました、といって相方を呼ぶ。離れたところで栄養ドリンクを両手に握って一気飲みしていた所轄刑事が、慌てて雛壇へ近づいてくる。瓶をポケットに突っ込み、メモを開いた。

「周辺の聞き込みを更に続けたところ、新村家と古くから親しくしているという小料理屋の主人から話が聞けました」

「小料理屋？」

「はい。『まきお』という小さな店ですが、以前、フレンドールが酒屋だったころお酒を卸してもらっていた関係で、今も親しくしているそうです。おかみは六十過ぎですが、四十代の息子が板前をして二人で切り盛りしています。そこで」といってゴホンゴホンと咳をする。檀が冷たい視線を向けるのに、顔を赤くして続ける。

「板前がいうには、店の近くで滝田が変な連中に追われているのを見たというんです」

「変な連中？」

「はい。小料理屋の親子は時どきフレンドールに行くそうで、滝田の顔も阿部の顔もよく知っています。夜ではあったが、あれは滝田に間違いないと証言しています」

「なんだろうな。半グレからは特に滝田といざこざがあるような話は出てこなかったんだが」と國枝が呟くようにいう。

滝田は半グレを通して、自分の女を風俗で働かせているのだから、むしろウィンウィンの関係に近い。

「闇金か。となると反社なのか？」と疑問形の言葉を國枝は口にした。今しがた自ら、滝田は暴力団とは付き合いがないみたいなことをいっている。國枝の顔に迷いが浮かんだと思った途端、いきなり背中を向け、出入口へと走った。自分で確かめるつもりなのだろうが、玲はかろうじて、「組事務所に行くのなら誰かと一緒に行ってください、國枝さん」とだけ叫んだ。

すぐ側から、生田の盛大なため息の音が聞こえた。

＊

大前と紫藤が、莉里に聴取するため大学に出向き、檀組は改めて小料理屋「まきお」周辺の防犯カメラ映像を確認しに走った。それ以外の捜査員は、みな現場付近や駅での聞き込み、カメラ映像の確認、前科者リストを当たっている。國枝は反社関係に聞き込みをかけている筈だ。やはり気になったので、玲は小向井に連絡を取り、合流するように指示する。

再び、会議室が静かになったのを見て、玲は一人で外に出た。手にチケットの引換番号のメモを握り締め、コンビニ、フレンドールを目指す。

腕時計を見ると間もなく五時になろうとしている。青い空に夕方の気配はなく、昼の暑さがまだ居座っていた。

軽快な音と共に自動扉が開くと、奥から、いらっしゃいませ、との声がかかる。少し前に生田の了解を得て、規制線を外すように指示していた。三列に並んだ棚の奥、冷蔵コーナーで商品を並べている緑のストライプ柄のユニフォームの背が見えた。

玲は、ぐるっと店内を一周したあと、コーヒーマシンの隣にある機械の前に立ち、チケット発券ボタンを操作する。引換レシートを手にして、レジカウンターに向かった。悦吏子がすぐに立ち上がり、タオルで手を拭きながらカウンターのなかに入る。

「チケットですね。少しお待ちください」

悦吏子は、玲を見て微笑《ほほえ》む。顔色はいいとはいえないが、ひとまず元気そうだ。長袖だから腕の包帯は見えないし、機敏に動く様子を見れば、誰も怪我をしているとは思わないだろう。本人もこれしきの怪我で店を休めないと思ったのか。仕入れたものを少しでもさばきたいという気持ちが強く出ている。

「お待たせしました。こちらで間違いないですか」

悦吏子からチケットを受け取り、玲は、5月5日18：00開場、18：30開演、ゴールデンアイスショーの文字を確認し、頷いた。

「ありがとう。もうお加減はいいんですか」

「え」という顔をして、すぐに破顔する。「ありがとうございます。ご心配をおかけしました」と丁寧に頭を下げた。ニュースやネットで知った客だと思ったのだろう。

「新村さんお一人ですか？」

今度の「え」という言葉には不審の色が濃く表れていた。

「捜査一課の宝尾といいます。今回の事件を担当しています」

「あ、ああ、そうなんですね。失礼しました。病院でたくさんの刑事さんとお話ししたんで、もう終わったのかと思っていました」

「いえ、ご様子を窺うつもりで寄らせてもらいました。わたしの個人的な用事もあったので、部下も連れていません」

「部下」と言葉を途切らせ、慌てて笑顔にする。「お偉い方なんですね。そんな方にわざわざきていただいて、ありがとうございます」

「バイトの阿部さんに声はかけなかったんですか？　今日は忙しくないようですよ」

「そうなんですか。でも彼女にも面倒をかけたようですから、今日くらいはわたしが一人でしょうかと。どうせ、お客様もそんなにはこられないでしょうし」

「娘さんの莉里さんは？　一緒に戻られたんじゃないんですか」と素知らぬ顔で尋ねる。

「あ、ええ、まあ。そのう、莉里とはちょっと喧嘩というのか、怒らせてしまったようで、途中で別れました。もう少しすれば帰ってくると思いますけど」

「喧嘩というのは、もしかして滝田さんのことで？」

思い切って踏み込んでみたが、意外にも悦吏子は落ち着いた表情で頷き返した。

「ご存じなんですね。あの子ったら世間知らずで、思い込んだら一途なところがあるから親としても心配で」

「そうですか。若いころは夢中になると、傍《はた》がなにをいっても聞く耳など持たないかもしれませんね」

「ええ、まあ」

「滝田さんに辞めてもらったのはその件もあって？」

悦吏子はどこかが痛むように顔を歪め、頷いた。

「親とすれば娘さんがなるべく傷つかないよう、気を配るしかない？」

「まあ、そうですね」

「とはいえ、ご主人を亡くされてから母一人子一人。ご心情お察しします、なんて偉そうなこといいますが、わたしは独り身で子どももいないからわからないことばかりですけど」

玲は悦吏子の目を見つめる。「やはり母は強しといいますから、いざとなれば娘さんのためならなんでもされるんでしょうね。たとえ罪になるとわかってても嘘を吐くとか」

「は？　どういう意味でしょう」

悦吏子は笑みを浮かべるが、その目は揺れている。顔色もさっきより更に悪くなっている気がする。

「盗まれたお金ですが」と玲は話を変える。「あの日、三十万円がレジにあったこと、ご存じなのは新村さんだけですよね」と断言するように強くいう。

「……いえ。もちろん、娘も知っています。用意しているから忘れないでって、前の日にいいましたから」

「昨日ってことですか？」

「ええ、そうですね」

「昨日、娘さんはコンビニのお手伝いをされましたか？」

「はい」

「滝田さんも？」

「ええ。それが？　あのう、こういったお話、昼間、刑事さんにお話ししましたけど」

　自動扉が開いて、客が二人入ってきた。ここ強盗が入ったんだって、といい合いながらきょろきょろ店内を見回す。

「お邪魔しました。これで失礼します」といって玲は頭を下げ、店を出た。

　昨日、滝田が仕事についていたことは防犯カメラの映像で確認できている。滝田は悦吏子から辞めるようにいわれ、七時前には店を出ていた。夜遅くなって莉里が合流し、悦吏子と二人で仕事を続けた。但し、莉里はほとんどバックヤードにいたらしく、はっきり姿が捉えられたのは、夜中の二時前だった。その後、莉里はファミレスの早朝バイトがあるからか、家に帰ったようだ。コンビニの通用口を出て少し行けば、自宅の玄関に出る。

　玲はチケットを手に持ちながら、フレンドールの店内を思い出す。確かに、所轄員がいっていた通り、向かいにあるコンビニの方が品揃えはいい。誰もがそちらに行くだろうし、そのせいで通勤時間帯でありながら客が一人しかいなかったのも頷ける。ましてや夜中など、ほとんど客などこないのではないか。人件費を削減するため、バイト代の上がる夜間は娘に手伝わせている。とはいえ、娘も早朝のバイトを入れているから、店舗に出ることなくほとんどバックヤードで休んでいる様子だ。

悦吏子が強盗に襲われ、怪我を負ったその日にまで店を開けて客を迎えようとするのは、いったいどんな思いがあってのことだろう。この店舗は開ければ開けるほど赤字を生むケースではないかと思った。

メモに書かれた住所を確認しながら、玲は夕闇迫る道を歩く。西の空の雲の色がようやく色を変え始めた。

小さな店だった。暖簾《のれん》が出ていないのを見て、腕時計を確認する。五時半を過ぎているから、もうそろそろ開くのではないか。格子の嵌まった窓の下に、営業時間が夜は午後五時半から十一時半までと書かれたプレートを見つけて、躊躇《ためら》いつつも入り口の戸を引いた。

いらっしゃいませ、の代わりに、「あ」という声を聞く。カウンターとテーブル席が二つ、奥に小上がりらしい障子戸が見える、こぢんまりした店だ。白木のカウンターの向こうに板前だろう、白い割烹着を着た男性と隣に六十過ぎらしい女性が見える。

そしてこちら側には、檀と所轄刑事が立っていた。

「すんません、まだなんですが」と板前がいうのに、檀が先に、いいんです、と答える。怪訝そうな表情をする二人のために、玲は警察手帳を広げて見せた。はあ、という声を聞いて、玲はカウンターの端の椅子に腰かける。

所轄刑事が玲を気にするので、こっちはいいから続けてといって、顔を板前へと向けた。顎の張った顔に太い眉、背が高くて中肉。母親は小柄だが、四角い顔がよく似ている。

「夕飯がまだなんです。お酒は飲めないので、なにか食事になるものできますか」とメニューを手に尋ねた。板前はちょっと困った顔を檀に向けるが、なにもいわないのを見て、「あいにく今日は大したものはお出しできないんです。煮魚でしたら飯と汁ものをつけられますが」という。

「それで充分。お願いします」

そう笑顔で告げると、檀の眉が片方大きく跳ね上がるのが見えた。

「では、槙尾《まきお》さん、お仕事しながらで結構ですので、改めて話の続きをお願いします」

檀が淡々と告げるのに板前は頷いて応え、手を洗うとすぐにガスを点《つ》ける。母親は湯呑にお茶を注ぎ入れ、おしぼりと一緒に盆に載せて、カウンターを回って出てくる。

「ありがとう。お忙しいときにすみません。通りかかったらお店が見えたから。暖簾出し忘れておられますよ」

「ああ、いえ今日はね。魚の仕入れがうまくできなかったから、休んでも良かったんですよ」

「母さん、小鉢用意して」

板前にいわれて、母親は慌てて戻る。檀はそんな様子を見ながら、「それで滝田がその連中とどんな会話をしていたか覚えておられませんか」と訊く。

「さあて。揉めているなぁと思っていたら、いきなりバタバタと走り出したものだから。せいぜい、待て、こら、くらいじゃないかな」

「悦吏子さんとこで働いているバイトの男の人でしょ。わたしも女の人と喧嘩しているの見ましたよ」と母親も興味津々という顔で言葉を挟む。

「そうですか」と檀は素っ気ない。所轄刑事が檀の顔色を見ながら、阿部の写真を見せる。

「ああ、そうそう。この人、キンキンした声で、殺してやるーとか叫んでたわね」

「えっ」と所轄刑事が口を開け、檀も目を鋭くさせる。

その後もいくつか質問をし、檀と刑事は店を出て行った。玲は出された料理に箸をつけた。「おいしいわ」と思わずいって、女将《おかみ》に笑いかける。

「お昼もされているんですか？　もしそうなら明日からこちらに通おうかしら」

「ええ、今日の昼は休みましたけど、いつもは開けてます。どうぞごひいきに」と女将は慇懃《いんぎん》に頭を下げる。

「あら、今日はお休みされた？　やっぱり、新村さんのところの事件のせいですか」

「ええ、まあ。悦吏子ちゃんは昔っから知っていますし。莉里ちゃんも時どき店にきてくれますから。あとでお見舞いに行こうかと息子とも話していたんですよ」

女将は、店を切り盛りしているだけあって饒舌《じょうぜつ》だ。対して、息子は板前らしく口を引き結んだまま。

「新村さん、もうお店で働いておられますよ」

「えっ」と驚いた顔をして息子に目をやる。板前が手元に視線を落としたままなので、女将は再び、玲へと目を向けた。

「そうなんですか。怪我とか大丈夫だったのかしら。莉里ちゃんも一緒なんですよね？」

「いえ。娘さんの姿は見ませんでした。大学の授業はもう終わっていますから、別のバイトに行かれたのかもしれません。ファミレスで働いていると聞きました」

「ああ、そうなんですよ。ご主人が亡くなってから、悦吏子ちゃんとこ大変みたいで。でもせっかくご夫婦で始めたコンビニですしね。莉里ちゃんの大学の費用もあるし。だから莉里ちゃんもお店を手伝ったり、バイトをしたりしているようですけど、でも、バイトは朝だけだって聞いたわよね？　夜は悦吏子ちゃんとコンビニの筈だから」と今度は、息子に声をかける。

　さすがになにかいわなくてはと思ったのか顔を上げると、玲を見ずに母親を睨んで、

「お喋りしていないで、小鉢とか支度して。そろそろお客がくるから」とだけいう。

　女将は、はいはい、といって厨房へ戻った。

「わたし、こういうお店にくると思うんですよ」と玲は料理を綺麗に食べ尽くして、手元だけ動かしている男へと目を向けた。「男の人が料理上手だと、奥さんって家で料理し辛《づら》いんじゃないかなって。そんなことはないんですか？」

　板前は困った顔で口元だけに笑みを浮かべる。代わりに女将が答えた。

「うちの息子は独身なんですのよ。なにを選り好みしてんだか。歳こそ四十を超してますけど、手に職もあるし、家だってすぐそこに持家があるからなんの苦労もないわ。お仕事、続けてもらっても大丈夫だし、わたしはこのお店で寝起きしているから、嫁

姑の心配も全くありません。あなたは結婚されてるの？　もしお独りなら」

「母さん、暖簾出して」

すかさず息子から声がかかった。

＊

午後七時の捜査会議で、刑事から次々と復命がなされる。みなよくやっているのはわかるのだが、いかんせん犯人の特定に繋がるようなものが出てこない。

雛壇では生田が半眼で腕を組み、玲はホワイトボードの側で腰に手を当てて立つ。書かれているのは、付近で見かけた怪しい人物の特徴だ。結構な情報かと思いきや、朝の通勤時間帯だったせいか、目撃情報は激しく揺れていた。

細かった、小太りだった、黒い服だった、青い色だった。果ては背が低かったというものまである。電車やバスの時間を気にしながらの途上で、コンビニに入った姿や飛び出してきた人間のことなどどれほど目に留められるものだろうか。見ていたとしても、すぐに記憶から消えたのではないか。悦吏子が通報し、パトカーや警官がやってくるころには、目撃者達は電車のなか会社に到着して仕事をしている。

コンビニからバイクで逃走し、乗り捨てたあとカメラのないところでマスクやサングラスは外した可能性があるから、その近辺の情報ならばと大いに期待したが、捜し回った刑事達は一様に目を伏せる。

「普段からひと通りのない場所で、男を目撃した人間はおろか、そこを通ったと思われる者すら見つかっていません」

「新村悦吏子やコンビニ店に遺恨を抱いていそうな人間を捜しましたが、誰も心当たりがないといっています」と鑑取り担当は報告する。過去に客と揉めたような話もないらしい。

そんななか、滝田群司を追っていた小向井と所轄刑事が立ち上がった。二人は途中で國枝と合流し、三人揃って組員らに滝田のことを問い質した。

「地元に事務所のある組はもちろん、フレンドール北河戸店付近を利用する組員を片端から聴取しましたが、みな滝田なんて男は知らない、写真の顔にも見覚えはないということでした」

珍しく國枝が席にいると思ったが、大した情報を得られなかったからなのだと合点する。

「消費者金融の方は？」

玲が問うと、小向井が頭を掻きながら、「いくつか当たりましたが、まだ滝田の名前は出てきません」といったあと、「繁華街に結構な数、あるんですよね」と独り言めかして愚痴をいう。

玲はため息を吐き、「明日からそちらへの人員を増やして、滝田が借金をしていないか確認を取ってください」と指示する。そして、分析課からの報告を教える。

「今のところ、滝田の携帯電話の電源は切られているのか、場所は摑《つか》めません。携帯会社に発着信の記録開示を求めていますが、あいにく店舗は開いていても本社事務の人数は少なくなっていて、遅れるとのことです」

そこで大きなため息を吐かれる。玲が一番吐きたいのだが、そこはなんとか堪える。そんな玲の気持ちを逆なでするように檀が座ったままで口にする。

「携帯にある交友関係を当たったところで、居場所を特定できるとは思えませんね。だいたい滝田が犯人という線も薄い気がします」

すかさず紫藤が立ち上がる。

「ですが、新村親子の会話からも犯人が滝田である可能性は濃いと考えます」

「滝田に入れ込んでいる娘とそれを反対している母親の会話だろう。必ずしも本当のことをいっているとは限らない」

「そんな」と紫藤は途方に暮れたような顔をする。

こうなると誰が本当のことをいっているのか、わけがわからなくなる。だが、レジに三十万円があったのを知っている者は限られる。その三十万円がなければ、フレンドールでなく別のコンビニを狙ったのではないか。

そういうことをいうと、紫藤がすかさず手を上げる。

相手が一課の優秀な刑事であれ、捜査班長であれ、紫藤はいいたいことをちゃんといい、気になる疑問はとことん調べ尽くすタイプらしい。それは美点であり、欠点にもなり得ると玲は思考の隅で考えつつ、「なに？」と問いかける。

「それこそ滝田が犯人であるなによりの証《あかし》ではないでしょうか。普通なら、他のもっと繁盛しているコンビニを狙います。わざわざフレンドールを襲ったということは、犯人がそこに三十万の現金があったことを事前に知っていたから。つまり、滝田群司です」

紫藤の考えはこうだ。

昨夜、いや今日の午前二時過ぎ、コンビニの仕事を終えた莉里は、その足で滝田のマンションに向かった。マンションのカメラに映ってはいないが、恋人の家を訪ねるのだから非常階段を使った可能性はある。

母親の悦吏子はその後、店にずっと一人で事件が起きるまでコンビニにいたことは証明されている。

莉里はレジに三十万円があることを滝田に教えたあと、自身は自宅に戻るか、そのままファミレスのバイトに向かったのだろう。そのあいだに滝田がコンビニを襲い、金を奪う。

紫藤の説だと、新村莉里はとんでもない娘になる。

「莉里について大学や友人関係に話を聞いてきましたか?」

そう問うと、なぜか紫藤は困惑顔をする。隣にいる大前を見やるから、仕方なさそうにベテラン所轄刑事は立ち上がった。

「大学での莉里の評判は悪くないです。むしろ、男子学生女子学生問わず、いい人だという人間が多い。教授や事務職員に訊いても、特に問題を起こしたこともなく、授業やレポートもそつなくこなしているとの話でした」

「でも、滝田という男と付き合っている」

「まあ、そうなんですが。莉里と親しくしている女性に話を聞きました。今日、莉里は大学を休んでいますので、その友人は心配していましたね。午後に一度、電話をかけたらしいですが、言葉短く、大丈夫だからといっただけで切られたそうです」

國枝が病院をあとにした悦吏子・莉里親子を追尾していたとき、途中で莉里だけがタクシーを降りたといっていたから、そのあとのことだろう。母親と喧嘩したなら不機嫌にもなって、せっかくの友人の気遣いに無頓着になった。

「その友人がいうには」と大前は言葉を続けた。「莉里には確かに付き合っていた男がいたようだが、なぜか詳しくは教えてもらっていないといってます」

「相手が滝田だということも？」

「はい。知らなかったようです。写真も見せてもらったことがないということでしたが、念のため、滝田の写真を見せましたが首を振りました。しかも莉里が嬉しそうにしていたときは僅かのあいだで、最近は憂鬱《ゆううつ》そうな様子すら見えたと」

「へえ」と玲は、隣の紫藤に視線を流す。年齢からすれば紫藤は莉里に近い。彼氏ができたら自慢げに見せたり、友達に話したりするのではないだろうか。そんな玲の考えを察したのか紫藤は立ち上がり、「滝田が良くない人間であったことに気づいたのかもしれません」と莉里に味方するようなことをいう。すかさず、檀が指摘する。

「矛盾している。そんな男のマンションを夜中に訪ねて、レジの金のことを教えたってのか？」

紫藤は思わず、しまった、という顔をし、隣でまた大前が頭を掻く。生田が雛壇で苦笑いをこぼしているのを横目で見ながら、玲は他の捜査員に目を向けた。意見はないかと問うつもりで黙って待つ。

やがて小向井と組んでいる所轄刑事が、恐る恐るという風に手を上げた。組関係の人間が関わっていないらしいとわかったあと、小向井らはずっと滝田捜索に動いていた。

「小向井刑事とわたしは、阿部郁美に改めて話を聞きましたが、レジに三十万あったことは知りませんでした。嘘をいっているようにも見えませんでした。通常、レジには千円札や小銭を、せいぜい二万円程度しか用意していないそうです。細かいのがなくなったら、店長にいうか、いなければ裏の自宅に出向いて悦吏子か莉里を捜したそうです」

「うん、それで？」玲は鷹揚に頷いて、促した。

「はい。つまり、レジに三十万があるのを知っていたのは限られた人物であるということがいいたいわけで」

「だから、なんだ。今さらそんなわかりきった」檀が苛々したようにいうのを、生田が雛壇から手を振って黙らせる。こういうとき管理官の存在は助かる。静まりかえったなかで、所轄刑事は深呼吸した。

「つまり、今回のコンビニ強盗のおかしな点は、このレジの三十万円にあるのではないかと考えるわけでして。客が少ないから狙ったという理由もあるかと思いますが、逃走後の行方が全く摑めないことから、当然、近隣に詳しい人物像が浮かぶわけで、そうなるとフレンドールがしょぼい店だということは知っていた筈だと思うんですよね。えっと、ですから、関係者の相互の繋がりや動機や機会からでなく、単にレジの金を知っていた人間という観点で調べを進めてもいいかなと」と述べたあと、小さな声で、生意気いってすみません、と付け足した。隣で、小向井が小さく拍手の真似をする。

頭のなかで鋭い氷の裂ける音が聞こえた気がした。そうか、と玲は思い至る。

宇都宮蒼がトップスケーターであり続けているのは、その才能や恵まれた容貌や体型だから、だけではない。基本に忠実に、練習と健康の維持にストイックなほどに努めたからだ。それはファンなら誰もが知ることだ。

刃先が硬い氷を裂き、細かな粒が飛び散る。跳び上がって空中で四回転し、相当な衝撃を受けながら片足で着地し、バランスを取りながらスケーティングする。そしてなんでもないという表情で、次の技へと向かう。

美しく見えるのは、全て基本に忠実という根っこを持っているからだ。事件の根っこには、売れないコンビニ店にそのときに限って三十万もの金があったこと、そしてそれを知る者は限られているということがある。

「新村悦吏子、莉里親子と二人の周辺にいる親しい人間を改めて捜査してください。そして一刻も早く滝田群司を見つけるように。現時点で、まだ摑めていない第三者による犯行を別にすれば、もっとも疑うべき人間は滝田です。刑事の基本は動いて、声をかけて、耳を傾けること。そしてどんな些細《ささい》なことであっても、妙だと思ったことは蔑《ないがし》ろにせず、きちんと確認する。いいですね」

玲はそう告げて、生田管理官に顔を向ける。生田が任せるよという風に大きく頷いた。

「但し、今日はもう遅いですから、順次交替で休憩を取るように。聞き込み班は、相手の時間に合わせ、それまでは休憩してください。その他も自宅に戻れるものは戻って構わない。次の捜査会議は明日十一時。以上」

いっせいに返事があって、ガタガタと椅子を引く音が響く。何人かが、発言した所轄刑事の肩を叩いてゆく。大前がふざけるように、彼の頭をくしゃくしゃとなでるのが見えた。紫藤がそんな様子を見て、目を潤ませているのにはちょっと呆れたが。

檀がペアを組む刑事に、「今日はもういい。朝まで休憩だ。明日から更に走り回るぞ」といっているのが聞こえた。栄養ドリンクから手を離して、ほっとした表情をする刑事を見て、玲も安堵の息を吐く。

國枝の後ろ姿が目に入り、咄嗟《とっさ》に声をかけた。

「なんでしょう」と雛壇までのんびりと近づいてくる。

生田がちらりとこちらを見るので、仕方なく玲が口を開いた。

「本部の厚生課から連絡がきています。國枝さん、健康診断、全然受けていないそうですね」

なんだ、そんなことかという顔をする。玲は目を細めてそんな國枝を見つめ、息を吸い、吐き出すようにして告げた。

「わたしは捜査一課班長ですよ、國枝さん」

は？　という顔を國枝だけでなく、生田もする。

「捜査をする人間が健全でなくて、どうして悪意ある人間と対峙《たいじ》できるのか、常々、わたしはそう考えています。國枝さんは宝尾班の班員ですから、そのことを肝に銘じてもらいたい。この事件が終わったら必ず受診してください。いいですね」

「……はい、はい」といって國枝は背を向けた。

玲は席に着いて、生田に苦笑いを見せた。どうせ聞き流されるだろうと思った。だが、生田は感心したような声で告げた。

「前の班長のときは、返事もしなかったよ」

＊

五月三日。

「新村莉里を任意同行したい」

紫藤がそういってきた。

さすがに今度は勝手な真似はしなかったようだ。相方の大前が止めたのかもしれないが。

「どういうこと」

「はい。莉里の大学の友人にもう一度、話を聞きました」

ベテラン刑事である大前が引っかかるというので、紫藤は大学の事務長に連絡を取って許可を得、休日ながら一部開けている事務課で友人の住所を手に入れた。彼氏と遊びに出かける寸前のところを捉まえて話を聞いたらしい。

詳しく聞くと、その友人が事件を知って莉里に連絡を入れたのが午後三時ごろで、てっきり自宅にいると思ったという。悦吏子と別れてタクシーを降りた莉里はどこかに行った。國枝はてっきり大学に戻ったと思ったらしいが、そうではなかった。

「室内であるのは間違いないといっています」

紫藤がいい、大前が付け足す。

「電話の向こうに音楽が大きく聞こえていたからで、それと」と頭を掻いた。「音楽の切れ間に救急車のサイレン音が聞こえたといいましたね」

「その時間、莉里は大学にも行かず、自宅にも戻っていません。それならどこに行ったのかということになりますから、ここはちゃんと聴取すべきかと思います」

紫藤が力を込めていうのに、玲は頷いて見せた。

「わたしも新村莉里を見てみたい」


今回は阿部のときとは違って、取調室を使った。

莉里は不安そうな表情で、小部屋のなかを見回す。紫藤が向かいに座って問いかけるが、真面目に答えていながらも、ずっと黒目は揺れていた。

隣の監視部屋からその様子を見ていた玲は、腕を組んで首を傾ける。途中から、檀と國枝が入ってきて同じように注視し始める。

追尾していたとき莉里を見失っている國枝が気にするのはわかるが、なぜ檀までいるのか不思議だったが、訊いてもどうせはぐらかされるだろうと、再び窓の向こうに視線を向ける。

「途中で、タクシーを降りられましたよね。どちらに行っていたのですか」

「どこも。母といい争いになって真っすぐ家に帰る気がしなかったから、街のなかをぶらぶらしていました」

「そうですか。戻られたのは夕方？」

「ええ、まあ」

「昨日は結構、暑かったですから、カフェとかにも入ったりしたんでしょうね。どの辺りのなんというお店ですか」

紫藤が決めつけたように問うから、莉里は咄嗟に、「いえ、カフェには寄っていません。ずっと歩き回っていました」と答えた。紫藤と大前が瞬きを止めて、じっと莉里を見つめる。玲は、いい取り調べだと思ったが、ふと見ると國枝も檀も頷いている気がした。

「莉里さん、午後三時ごろ、あなたは室内におられましたよね。友人から電話がかかってきて短時間ながら話をされた」

莉里の顔が引きつる。

「電話の向こうで音楽が鳴っていたそうです。部屋のなかであることは間違いないと、ご友人は証言されていますよ」

間違いないというほど強い話でもなかったが、ここは紫藤に任せる。

莉里は口元を手で覆い、俯いた。紫藤が莉里の染めていない髪を見ながら、優しく問いかける。

「どうして嘘を吐かれるんですか。莉里さん、なにを隠しているんですか。恋人の滝田群司のことですか」

莉里は俯いたまま首を振る。

「滝田がどういう男であるのか、あなた知っているんですね？」

「知らない、知らない」と絞り出すような声で答える。

「話してください。莉里さん、あなた滝田から酷い目に遭わされたんじゃないんですか？」

首を振った、その瞬間、いきなり大前が声を張った。

「滝田はどこにいるんだっ」

それまで黙して隅で控えていた中年刑事が突如、鋭い声を発したことで、莉里は憐《あわ》れなほどに驚き、慄《おのの》いて、あやうくパイプ椅子から転げ落ちそうになった。紫藤がすかさず脇から体を支え、腕を摑んだまま耳元で囁《ささや》く。

「もうやめましょう。あなたは悪いことのできる人じゃない。今ならまだ間に合う」

小刻みに震える莉里が紫藤をゆっくり振り返る。その幼いともいえる顔は真っ青に強張《こわば》り、黒い目には涙で溢《あふ》れていた。

玲は思わず窓に近づき、固唾《かたず》をのんで見守る。監視部屋が静まっているのと同じくらい、取調室も音を消していた。この静寂がどちらに味方するか。玲は思わず拳に力を込めた。

莉里が泣きながら、ゆるゆると首を振るのがわかった。右手で涙を拭うと、左手で紫藤の腕を押して突き放すような素振りを見せる。そしてパイプ椅子に座り直すと、洟《はな》を啜《すす》り、短い呼吸を忙しなく繰り返したあと、「なにも知りません」と答えた。

莉里は取調室を出ると駆けるように署を出て、通りかかったタクシーを停めて乗り込んだ。そのすぐあとを檀と所轄刑事が捜査車両で尾《つ》ける。國枝はどこかに姿を消していた。

玲はひとまず紫藤と大前を呼んで、労《ねぎら》った。

「すみません」と謝る紫藤に、「悪くなかった」とだけいう。新米一課刑事は、ほっとしたように笑みを浮かべた。

「なにかあるのがわかっただけでも、進展よ」

「少なくとも、コンビニ強盗がただの強盗ではなかったとしれた」と大前も満更でもない顔をする。

　生田が首を傾け、「莉里が怪しいのはわかった。となるとどういう筋が見えるんだ？」と問う。玲は大前と紫藤の二人を見ながら、「莉里が滝田に脅されている可能性が出てきました」と口火を切った。

　すぐに大前が、「それで金をせびられ、仕方なくレジの金のことを教えた」と答える。次に紫藤が、「母親の悦吏子も強盗が滝田と気づいていたが、娘のことを思って、滝田ではないと証言した、とか？」と自信なさげに続けた。

「うーん」とそこで玲は視線を宙にやる。「悦吏子は娘が滝田と付き合っていたのは知っていた。莉里の様子がおかしいことは母親なら気づいたでしょう。滝田によってなにか困った事態になっていることを察した、だから嘘の証言をした。でもね、なんで強盗なんて面倒なことをしたかってことになる」

「ああー」と紫藤が呻く。

少なくとも三十万は用意できていたのだ。

「その辺はもしかすると悦吏子がうまく誘導したとか」

「誘導って？」

「金をただ渡すだけだと、あとあとなにかと支障をきたすから、強奪されたことにすれば問題ないとかいって唆《そその》した、とか」

さすがに生田も大前も聞こえない振りをする。そんな様子を見て紫藤は顔を赤らめ、違うか、と大前のように頭を掻く。

「まあ、滝田が強盗で捕まれば、新村親子は救われるが」と大前がいうのを聞いて、生田が顔を上げた。

「滝田の家を調べてみるか」

「そうですね。なにか出るかもしれません」

「そうなると、令状を取る理由だが」

そのとき玲のスマホがバイブした。國枝からのＬＩＮＥと気づいて、思わず顔をしかめる。嫌な予感しかしない。

案の定だ、と思いきりため息を吐く。そんな玲を生田、大前、紫藤がじっと見つめているので仕方なくいった。

「國枝さんが、滝田の部屋から異臭がするといって管理会社に鍵を開けさせたそうです」

目をやると、酷いことに生田が両手で耳を塞いでいた。自分だけ聞いていないことにするつもりらしい。玲は舌打ちを呑み込み、小さく咳をしたあと続ける。

「なかが荒らされているそうです。一見してわからないようにしているけど、部屋中、探し回ったのは間違いないと、國枝さんは報告しています」

そのあとに、このメッセージはすぐに消去します、と続いていたが、それはいわない。

「滝田が莉里を、若しくは新村親子を脅していた。そのネタを誰かが探したということだな」生田が耳から手を離してまとめる。

だとすれば、どういうこと？　玲は再び思案に暮れる。

新村親子はどういう手を使ったのか、とにかく滝田にコンビニ強盗をさせた。そしてうまく捕まればいいと思ったか。たとえすぐに捕まらなくても、滝田がいないあいだ部屋を探せる。

「探したのは莉里でしょうか。でも、強盗事件が起きた時間、莉里はファミレスでバイトをしていました。午前六時からのモーニングタイムで、病院に駆けつけるまでのあいだ店を離れていないのは間違いありません」と大前が要領良く、可能性を潰してゆく。

紫藤がホワイトボードを見て、「夜中の二時過ぎ、コンビニの仕事を終えたあと滝田のマンションを訪ねた可能性がありますが」と口にする。

隣人がそのころ滝田の家の物音を耳にしている。だが、紫藤はすぐに首を振って、それはあり得ないですね、と自ら否定した。

玲も、悪党の滝田が莉里を家に入れるとは思えないし、莉里も一人で訪れたりしないだろうと考える。留守を狙ったとしても隠し場所に拘《こだわ》っただろうから、短時間で見つけるのは難しい。いつ戻ってくるかしれない滝田の部屋を家探しするのは莉里にはできない。

だがその滝田はずっと姿を消している。既に丸一日以上経っているから、それだけあれば捜せるかもしれないし、実際、部屋のなかは調べ尽くされていた。事件後、莉里と悦吏子が二人揃って姿を見せたのは、病院にいたあいだだけだ。しかもその後、すぐ二人は別れている。

「自宅というよりも、滝田自身が持っている可能性があります。どういうネタかはわかりませんが、スマホなら写真にしても文書にしても結構な量、保存できますし」と紫藤は腕を組んで首を傾げる。

「そうね。滝田のスマホも確認しなければ意味がない――」とそこまでいって、玲ははっと顔を上げる。見ると生田も大前も目を見開いていた。紫藤だけ不思議そうな表情をしている。

大前が短く呟いた。

「滝田は生きているのか？」

＊

生田が消防に依頼し、救急搬送の時間と場所を開示してもらった。

捜査会議場にテーブルを合わせて、そこに管内地図を広げる。

「午後三時前、救急要請があったのはこの家です。そして救急車は消防署を出て、救急病院までこのルートを走っています」

そういって刑事が赤ペンで線を引く。

救急車の音が電話を通しても聞こえたのだから、側を通ったと仮定できる。そのルートを玲は指でなぞる。

そしてある地点で手を止めた。

目を上げると、檀が玲を見ていた。隣にいる所轄刑事が目を剝《む》いている。

「すぐに行って。早く、滝田が危ない」

玲が叫ぶと同時に、捜査本部にいた刑事が全員、動き出す。紫藤も大前も、そして國枝も険しい顔をして走り出した。

署の外から破裂したようなサイレン音が轟《とどろ》き渡る。

窓から赤灯が遠ざかるのを見ていると、生田も隣に立って、「莉里の様子からして、手遅れかな」と呟いた。

玲達が考えついたのはこうだ。

強盗犯は滝田群司ではない。どう考えても、滝田にそんな真似をさせるのは無理がある。だから悦吏子が証言することによって、その偽の強盗犯を滝田だと信じ込ませようと謀《はか》ったのだ。但し、なんの根拠もなく滝田だといったところで警察を納得させるのは難しい。いずれ莉里と滝田の関係もしれるし。だから、ひとまず滝田ではないと否定し、その後、莉里との会話のなかで、滝田だったと断言するのだ。娘のことを思って庇ったというのなら、真実味は増す。

更に、レジに普段ない金があることを知る人間は限定されることも考えた。そのための三十万だ。

「國枝さんが聞き耳を立てていたことに気づいていたんだな」

「ええ。病院には警官や刑事がいましたから、いずれ誰かが耳にするだろうと考えた」

「その後、タクシーで出た親子だったが、途中、莉里だけが降りた」

「恐らく監禁している滝田を見張りに行ったのでしょう」

それまで見張っていた仲間と交替し、その人物が滝田のマンションに家探しに出向いた。

滝田群司は事件の前の日、既に悦吏子らによって拉致《らち》されていたのだ。それによって滝田の部屋の鍵も手に入れられたし、スマホも調べられた。

いずれ滝田を始末する。それが悦吏子らの最終目標だっただろう。どういう形であれ、滝田が生きている限り、新村親子に平安はない。

「悦吏子の血痕のついた包丁もあるしな」と生田が疲れたようにいう。

それがあれば、強盗犯が滝田であることは間違いなく証明されると考えた。だから不自然に悦吏子を傷つけ、悦吏子もやりやすいように動いてしまった。

強盗犯に仕立てたのは滝田が突然、姿を消してもおかしくないと思わせたかったからだろう。阿部郁美が、いないと騒ぎ出す恐れがあった。バイトを辞めさせたというのもそのための嘘だ。

遺体はどこかに隠すつもりだったろうが万一、発見された場合のことも考えた。滝田が怪しげな連中から追われているという証言だ。金に困った滝田が、莉里から三十万のことを聞いて強盗を働いた。だが、追手から逃げ切れず殺害されてしまった、という筋書きだ。

「そこで肝心なのが、滝田を拉致したのは誰か、だ。たとえ二人いても女だけでは難しい」

殺害となればなおさらだし、偽の強盗犯は明らかに男であった。

「まだどこかに監禁されている可能性も僅かながらあったな」

「はい。そこに午後三時ごろ、莉里はどこか室内にいたという友人の証言です。救急車の走行ルートから、ある人物の自宅の近くを通っていたことが判明しました」

「新村親子をよく知り、二人を思っている人物か」

「はい。持ち家があり、一人暮らし。そして事件の朝、滝田の振りをしてマンションを出て、コンビニを襲ってバイクで逃走した男」

玲は窓の向こうを見つめ、一人の母親の姿を思い浮かべた。

　彼女は、事件の日、仕入れがうまくできなかったから店を休もうかと考えていたと、そういっていた。うまくできなかったのではなく、そもそも仕入れに行けなかったのだ。


　三十分もしないで、一報が入った。

　檀からかと思ったが、なぜか紫藤からだった。

「班長っ、滝田は生きていました。風呂場で両手両足を縛られ、口を塞がれていましたが大丈夫です。今、救急車を呼びました」

　紫藤の明るい声に玲は、ほうと息を吐き、スピーカーにしていたのか、すぐに檀の声がした。

「班長」

「檀さん、部屋には誰が？」

「小料理屋『まきお』の板前、槙尾光義《みつよし》がいました。ひとまず傷害と監禁の容疑で確保し、今から連行します。あと國枝さんと小向井をコンビニに向かわせました」

「わかりました。では鑑識をそちらに送ります。檀さん、ご苦労さまでした」

「はいっ」となぜか紫藤から返事があった。

それから間もなく、國枝らによって新村親子が連行されてきた。

三人、別々に聴取をすることになるが、新村悦吏子は檀が、莉里は國枝が、そして槙尾光義の取り調べは紫藤・大前のペアが受け持った。

生田が、ふーんという。「そういう割り振りをしたのは、新人を育てようという親心かね」

「え？　はい？」と玲は慌てて目を瞬かせる。生田が嫌な目つきで手元を見るので、思わず両手をテーブルに置いた。なにも持っていませんよ、という意味で。

「良かったねぇ。事件が早く解決して」

「は、はい。ありがとうございます」と頭を下げると生田は、くっくっくっと笑う。

玲は、顔を赤らめながらも、ポケットに隠したチケットを上からなでさする。

無駄にならずにすみそうだ、と壁のカレンダーに目をやった。

＊

全てが明らかになった。

紫藤と大前刑事の聴取により、計画を企て、主導したのは槙尾光義と判明した。莉里は滝田群司と関係し、その姿を動画に撮られていた。いわゆるリベンジポルノだ。更には、それをネットに公開するという脅しを受けて、莉里は売春を強要され、応じた。たった一度だったが相手は半グレで、しかもその際、妙な薬を飲まされ、覚醒剤を打たれた。ホテルに仕掛けられたカメラによって、それら全てを撮影され、滝田によってがんじがらめになった。その次は恐らく風俗だろう。そんな予感に震えていた莉里の様子がおかしいことに気づいた悦吏子は、問い詰めた。娘の窮状を知って悦吏子は滝田を責めたが、逆に、金を寄越せ、ないのならコンビニを売って金を作れといわれ、思い悩んだ。

　滝田を馘《くび》にしたところで、映像を流されたなら莉里は自殺するとまでいっている。警察に通報すれば、莉里の売春や覚醒剤使用が公になるし、強要されたのだから不起訴になるかもしれないが、莉里に将来はないと、悦吏子自身が思い詰めた。

　阿部郁美が滝田のせいでどんな目に遭ったのかも知っていた。自分の娘がそんなことになるなど耐えられない。思いあぐねて悦吏子は槙尾光義に相談したのだ。

「槙尾と悦吏子はここ数年、恋人関係にありました。特に槙尾は昔からずっと悦吏子を思っていたようで、夫を亡くしたあとも懸命にコンビニを維持し続ける悦吏子を励まし、応援していたそうです」と紫藤がやるせない顔つきで報告した。

「槙尾と悦吏子は滝田を拉致し、殺害することを計画したのね。娘の莉里も協力した」と玲がいうと、檀が横からいう。

「あくまでも槙尾は自分が全て計画したといっていますが、恐らく悦吏子が、滝田殺害も含めて唆したのでしょう」

檀の身も蓋もないいいように、紫藤が遠慮もなくむっという表情を浮かべる。檀は知らん顔で、「いずれその辺のところは自白させますよ」と自信たっぷりに告げた。

とはいえ普通に殺害したのでは、莉里や悦吏子に疑いがかかる。

「そこで強盗犯に見せかけ、悦吏子を被害者にした。身長や体型が槙尾と似通っていたこともあと押しした」

全ては莉里のため、悦吏子のためだった。槙尾に悔いはないだろうが、小料理屋の女将はどんな気持ちか。玲は思わずにはいられない。

せめてもの救いは、滝田をまだ殺害していなかったことだ。

間一髪間に合ったのは、捜査陣の迅速な活躍のお蔭もあるが、やはり殺人となれば躊躇《ためら》う気持ちも湧いたようだ。槙尾と莉里が交替で、槙尾の家に監禁した滝田を見張っていた。いずれ刑事の目を盗んで、遺体をどこかに埋めるつもりだったのだろう。

だが、莉里はもとより悦吏子も、槙尾自身ですら最後の一歩が踏み出せずにいた。

二十歳の莉里は恐ろしさに震え続けていただろう。風呂場で暴れる音や滝田の呻き声を塞ぐために音量を大きくして音楽をかけていたことからもわかる。

そのせいで滝田は命拾いした。あいにく、証拠となる莉里の映像は全て消去されていたが、つつみ隠さず正直に話すという言質《げんち》を、國枝はしっかり取っていた。


五月五日、昼過ぎ。

「班長？　なにされているんです？」

ふいに紫藤から声をかけられ、玲はぎくりと体を揺らした。その反動から針で指を突いてしまい、思わず、「痛っ」と叫ぶ。

県警本部に戻って調書を取り、証拠調べを終えてようやく送検できたのが少し前のことだ。一課宝尾班のメンバーには、休日出勤の代替も含め、すぐに休みを取るように指示した。みな機嫌良く部屋を出て、玲一人になったのを確認してから、引き出しに隠していた応援幕を取り出したのだ。

前の試合で激しく振ったせいで少しほころびが出ていた。今夜のショーのために、繕っておこうと慣れない裁縫箱を取り出し、針を運びかけたところで紫藤が現れたのだ。

「な、なんで、紫藤さん。帰らなかったの？」

「ええ、まあ。それ、なんですか」

紫藤はずんずん班長席までやってきて、机越しに覗き込む。咄嗟に後ろに隠したが、見られたようだ。しかも机の上に用意していたチケットに気づかれた。素早く手を伸ばしたが、僅かの差で紫藤に奪われる。

「へえ、アイスショーですか。あ、今日じゃないですか。あー、なるほど、それ応援用のフラッグですね。よくテレビなんかで観覧席が映ったとき、必死に振り回しているお姉さん方がいます」

そういって玲の手元をちらりと見やる。

「い、いいから帰りなさい。ちゃんと休むのも仕事のうちよ」

「班長、それ、わたしやりましょうか」

「え」

「わたし、こう見えても家事全般得意なんです」

「へえ」

「両親が早くに亡くなって、七歳離れた弟の世話をしなくちゃいけなかったんで、母親がすることはなんでもひと通りしました」

「ああ」

そういえば、身上票の家族構成欄には弟が一人だけだった。学生で、現在は海外の大学に行っているのではなかったか。

はい、といって両手を差し出すのを見て、玲は諦めて背中側から応援幕を取り出す。紫藤は受け取ると、裁縫箱を持って自席に着いた。そして机の上に広げると、器用に針を動かし始める。

「どなた推しなんですか」

「……宇都宮蒼」

「やっぱり。彼、最高ですよね」

「そうでしょう」と玲は大きく笑みを浮かべた。紫藤がちらりと視線を向け、あろうことか含み笑いをする。

なによ、と睨みつける。

「いえ」

「紫藤さん、仕事もいいけど気晴らしも必要よ。なにか夢中になれるものを持つことは悪いことじゃない」

紫藤は手元に視線を落としながら、「はい」と頷く。だがすぐに、でも、という。

「でも、班長。今はわたし、刑事の仕事に夢中なんです。私生活もなにもかも全てを注ぎ込んでみたいと思っています」

「また、そんな時代遅れなことを。そういうことしていると國枝さんみたいになるわよ」といったところで思い出した。すぐにスマホを取り出す。

LINEにしようとしたが止めて、通話ボタンを押した。十一回目のコールでようやく応答がある。

「なんですか、班長」

「國枝さん、今回、ずい分勝手な捜査をしましたね」

「はあ？　なんです、今さら」

「上司として注意する義務がありますから」

「はあ」

「ペナルティとしてゴールデンウィークが明けた水曜日、午前十時に指定の病院に行くこと。これがあなたへの罰です」

「病院？　ああ、人間ドックですか。いや、わたしは」

「もし、行かない場合は、今回の捜査であなたがしたことを全て刑事部長に報告します。そうなれば恐らく、次の異動であなたはどこかの所轄へ行くことになる。たぶん地域課か交通課でしょうね」

「班長、脅迫ですか」

「いいですね。水曜、午前十時です。一分でも遅れたら、病院からこちらに連絡が入ることになっています。以上」

そういってスマホを切った。

目を前に向けると、紫藤がにんまりと口角を上げているのが見えた。

「どうかした？」と問うと、針を置いて紫藤は立ち上がる。

「班長も本当は、仕事が一番お好きなんじゃないんですか」

「？」

だって、といいながら紫藤は両手を振り上げ、応援幕を横いっぱいに広げた。

長方形の美しい光沢の生地に、大きなピンク色の文字が煌《きら》めいている。

LOVE　SOU　№1
「これって『愛、捜、一』ですよね？」

第二話　メゾンシンカイの凶

事件が起きた。

県警本部刑事部捜査一課管理官の生田祐二が部屋にやってきて、宝尾班に臨場するよう命じる。生田の顔に一瞬、意味ありげな色が浮かんだが、宝尾玲は、「了解しました」と余裕のある声で答えた。

フィギュアスケートは秋から本格的なシーズンを迎える。グランプリシリーズが始まり、十月から順次、アメリカ、カナダ、フランスなどで大会が行われるのだ。三十八歳の警部で、捜査一課班長を任される玲にとって、フィギュア界の至宝、宇都宮蒼はかけがえのない存在だ。周囲には内緒にしているが、暇を見つけては推し活に精を出している。その蒼が間もなくアメリカ大会に出場する。応援に行きたいのはやまやまだが、さすがに捜査一課に在籍していては長期の旅行、特に海外渡航は難しい。残念に思う反面、蒼が太平洋の向こう側にいてはどうしようもないという諦めがあるから、ある意味、平静でいられる。従って事件捜査にも打ち込める。そして大会の録画映像を、自宅で心置きなく何度でも見たいから、早期解決も目指す。

そんな玲の推し活を知る数少ない人間の一人が生田で、事件の進捗具合に玲が一喜一憂するのを面白がっている節がある。今回に限っては、そんな醜態《しゅうたい》を見せることはないだろう。

「班長、行きますか」

紫藤亜月巡査長が車の鍵を振って見せている。

今年入ったばかりの宝尾班の新人紫藤は、当初、玲の側で仕事を覚えるという名目で車両の運転などを担当していた。半年が過ぎて、そろそろ他の班員と行動すべきと思ったが、なぜか紫藤自身がもう少し続けたいと申し出て、そのままとなっている。そんな紫藤も、玲が推し活をしていることを知る一人だった。

とにかく刑事になって間もないこの二十六歳は、やる気だけは人一倍だ。

他の班員は既に緊急走行で現場に向かっており、紫藤もサイレンを鳴らそうとするのを慌てて止めた。班長は報告を受ける立場なので急いで行く必要はない。赤灯だけを点け、交通ルールを守って走行するよう指示したあと、玲は事件の概要を尋ねた。

紫藤は器用に車線変更を繰り返しながら要領良く述べる。

「現場は新貝市角野《しんかいしかどの》三丁目の鉄筋コンクリート造二階建てアパートの一室。そこの住人と思われる中年の男性が血を流して倒れているところを今朝、発見されました。発見者は隣の部屋の住人でドアが開いているのに気づいて、なかに入ってみたところ男が横臥《おうが》しているのを見つけたそうです。一一〇番通報は午前九時二十三分。交番員が現着したあと、救急車も臨場しましたが死亡を確認して帰署。現在、所轄と機捜が出動し、現場の規制を行っています」

「身元は確定できてないの？　隣人ならその部屋の住人かどうかわかるでしょう」

「発見者とその男性のあいだに近隣トラブルがあったらしく、人相を判別できる自信がないといっているそうです。不動産会社に問い合わせして、その部屋の契約者が刀根佑次《とねゆうじ》五十六歳、これは三年前の契約時の年齢です、一人暮らしだったことまではわかっています」

「仲が悪かったのなら余計に顔を知っているんじゃないの？　しかも隣の部屋の異変に気づいて、わざわざなかに入っている」

「そうですね、どういうことでしょう」

「いいわ、先着しているうちの班員に訊く。ところで新貝署の刑事課長は熊川《くまかわ》さんだったっけ」

「そうです。来春、定年退職と伺っています」

「もうそんなになられるのか。これが最後の強行犯事件かもしれないわね。綺麗に片づけたいわ」

「アメリカ大会も始まりますしね」

玲は紫藤の横顔を睨みつける。すみません、と首をすくめるのを見て、「事件は少しでも早く解決した方がいいに決まっている」と口早にいった。

「もちろんです」と紫藤がすぐに威勢のいい返事をする。

捜査車両は、制服警官と少しのマスコミと多くの野次馬でごった返している細い道を入って行った。


黄色い規制線のテープを潜ってなかに入ると、宝尾班のメンバーである國枝太一と小向井輝がアパートの二階の共有廊下で顔を突き合わせているのが見えた。三十歳の小向井巡査部長は刑事としての経験も浅く、檀と一緒に行動することが多い。一方の國枝は刑事畑の永いベテランで、玲が指示する前にさっさと一人で捜査に走り回るタイプだ。そんな二人が妙な顔つきで、廊下に佇んでいるのが気になった。

アパートはごく一般的な鉄筋コンクリート造の二階建て。一階に四部屋、二階にも四部屋があって鉄さびに覆われた外階段が真ん中にひとつある。各戸の玄関ドアは鉄製で共有廊下に面しているから、手すりの隙間から出入りは丸見えだ。敷地自体は広く、建物の周囲は砂利と雑草で覆われ自転車やバイクが駐車されていた。

階段を上って二人の側に行き、どうかしたのかと尋ねた。國枝は、玲とその後ろにいる紫藤に目をやったあと、頭を掻く。

「いや、ま。檀さんがね」

「檀さん？」

檀芳樹。年齢は三十六歳で階級は警部補。班員のなかでは一番階級が上になる。クールで理性的、周囲が追いつけない頭の回転の速さを持つ優秀な刑事だ。そのせいで誰よりも早く多くの情報を手に入れてくる。またなにかを見つけたのかと思ったのだが、違うようだ。

「この廊下から下を見ていたと思ったら、いきなり声を上げて走り出したんですよ」

國枝がそういうと、紫藤が目を光らせ声を上げる。

「もう被疑者を見つけたんですか？」

「いやいや、いくらなんでもそりゃない」と國枝は苦笑いする。そして真面目な顔になって声を低くした。思わず玲は耳を寄せ、紫藤までもが体を寄せてくる。

「檀さん、リンカって叫んだんですよ」

「リンカ？　なんですか、それ」

紫藤は相手が自分より上のベテラン巡査部長であっても、事件となると口の利き方や態度に遠慮がなくなる。

「リンカって、もしかして檀さんの？」

國枝が大きく頷き返すのを見て、玲はすぐに手すりに触れないようにしつつ、階下を見渡した。先ほどよりも野次馬が増えたようで、掲げられた多くのスマホがまるで陽を浴びた稲穂のように光って見える。

紫藤が小向井に、檀さんのなんなんですか、とせっつくように問う声が聞こえた。

「えっと確か、檀さんの娘さんがリンカちゃんだったと思う。倫理《りんり》の倫に華道《かどう》の華」

と生真面目《きまじめ》に答えて、國枝に苦笑いされている。

「へえ、檀さんの娘さん？　いくつですか」

「今年、九歳だったんじゃないかな。小学四年生ね」と玲は、檀の身上票にある家族欄を思い出して口にした。

「でも、檀さんの自宅ってここじゃないですよね。小学校はどこの」

紫藤がなおも聞きたがるのに、さすがに國枝はもういいだろうという顔をして、背を向けた。そして玲が声をかける前に、身軽く階段を下りてゆく。慌てて二階から、「捜査会議、午後二時にしますから」と叫び、國枝が右手を上げて応えるのを目にした。上司で警部でもある玲の指示に、手だけで応えるってどうかと思うが、ひとまず返事したことに安堵する。

紫藤の「あ、檀さん」という言葉に、玲はまた階段下を見る。アパートの敷地を横切って行く國枝と規制線のテープを潜って檀が入ってくるところだった。二人は互いに顔を見合わせたあと、そのまま檀が階段を上ってくる。

紫藤がなにかいいかけようとするので、玲が先に声を出した。

「犯人に繋がるような情報は出ましたか」

檀は、珍しく硬い表情で事務的に告げる。

「出ません。防犯カメラもこの辺にはないようです。アパートにあるのは単なるダミーだそうで、役に立ちそうなのは八〇メートルほど先にあるコンビニのものくらいでしょう」

「そう。ガイシャの身元は?」

「契約している住人刀根佑次で間違いないようですが、不動産会社に電話で問い合わせた際、念のため、刀根と面識のある担当にきてもらうよういっています」

「身内と連絡は？」

　返事がないのに玲は、黙って目を向ける。檀がはっとしたように表情を動かした。

「……刀根に家族はないようです。契約書の保証人欄も空白といっていました」

「空白？　それで契約できたの？」

「今、担当者がこちらに向かっているので、その辺も確認できるでしょう。わたしは引き続き地取りをしてきます」といって背を向けた。

「あ、捜査会議は――」

　横顔だけ見せて、「さっき叫ばれていたのを聞いていますから」と、愛想なく答える。そして駆け足で階段を下りると、敷地を横切って規制線テープを潜った。そのあとを小向井が追い駆けて行く。二階の廊下からその姿を目で追っていた玲は、軽く眉を寄せたあと、現場である二〇五号室へと体を向けた。

＊

　捜査本部は新貝署の三階にある講堂に設置された。管理官の生田が中央に座り、その隣に署長、その向こうに熊川刑事課長が腰を下ろす。別の所轄で顔を合わせたこともあるので、玲は側に行って挨拶した。

熊川は名前と違って猫のように物静かで滅多に荒ぶった態度を見せない人だ。部下らを叱咤激励するときでさえ、声を張ることはないらしい。そんな人物が刑事課長というのも不思議な気がするが、部下には慕われ、上司からは信頼されている。その温厚な性格と人当たりの良さもあるのだろう。今どきは、事件を解決する手腕だけでは人望は得られない。

「こちらこそお願いします」

熊川は、階級は同じでも二十歳以上も年下の玲に頭を下げる。

生田にいわれて玲が事件の概要を述べた。今回は、ちゃんと國枝も席にいて紫藤も小向井も真剣な表情をしている。ただ、檀がいつもの精彩を欠いているように見えたが、ただの気のせいと思うことにする。

「被害者は刀根佑次。年齢は今年、五十九歳。自宅から保険証とマイナンバーカードが発見され、本人であると確認できました」

その後、不動産会社の担当者も遺体を確認して本人であると認めた。契約書を持参してもらっており、それによると現在のアパートには三年前に入居、当時から一人暮らしだったということだ。職業は、入居当時は市内の運送会社に勤務となっている。

「検視の際の調べで身長一六九センチ、体重八八キロ。服装はジャージの上下に裸足。現在、司法解剖中で死因はそれを待ってからになりますが、頭部に打撲痕があり、他に外傷も毒物等による痕跡もないことから、致命傷と推測されます。周囲の状況と被害者の服装から発見場所である自宅が犯行現場で間違いないでしょう。ただ凶器と思われるものは、今のところ現場に見当たりません。死亡推定時刻も検視の段階でわかっている限りでは、今朝の午前四時ごろから七時ごろのあいだ。ではまず、アパート近辺及び目撃者についての情報」

玲が言葉を止めて視線を前に振ると、通報を受けて現着した所轄刑事が立ち上がって緊張した顔つきで述べる。

「アパートの名前はメゾンシンカイ。築六十三年になる建物で、耐震問題もあって間もなく閉鎖される予定だそうです。持ち主は新貝市に居住の谷川紀輔《たにがわのりすけ》氏。六十代の自営業者で付近一帯の地主です。入居者については全て、地元の不動産会社に任せ、施設管理などは不動産会社が委託している管理会社がしているそうで、谷川氏がアパートに出向くことも、住人と話をすることもないとのことでした。メゾンシンカイに入居しているのは一階に三世帯、二階は二世帯で、ほとんどが単身者。一〇一号室だけ母子家庭です。勤務先等へ出向き、それぞれ聞き込みをしましたが、概《おおむ》ね朝八時前後

までは アパートにいてそれから各自出勤。不審な人も見ていないし、物音も聞いていないとのことでした。一〇五号室の田村《たむら》氏だけ朝の五時前後に起き、六時過ぎに出勤しましたが、気になったことはないといっています」

初動捜査をした機動捜査隊が、通報者から詳しい話を聞いている。

「二〇三号室の水本陽気《みずもとはるき》は二十一歳で県内の大学生。二〇四の番号は飛ばしているので被害者の部屋の隣になります。水本は、隣室からの騒音や悪臭などで不快な思いをしており、何度か注意したものの聞き入れてもらえないので、管理会社や不動産会社になんとかして欲しいと訴えていたそうです」

「いわゆる近隣トラブルだな」と生田が言葉を挟む。機捜の男性は大きく頷き、「ただそれも一階の部屋が空いたので替えてもらう予定だったとかで、最近は抗議するのも控えていたそうです。そんな水本が今日の午前九時過ぎ、大学に向かおうとしたところ、二〇五号室のドアが少し開いているのに気づき、声をかけてみたといっています」

「仲が悪かったのにか?」

「はい。というのも、今年の春、刀根は貧血を起こしてアパート前の路上で倒れ、救急搬送されたことがあったそうで、もしかしてまたかと思ったそうです」

「なるほど。さすがに倒れているのを放っておくのも気が引けたか」

「本人もそういっています」

続けて、そのときの部屋の様子や刀根についての詳しい話を聞いたが、これといっておかしなところも、犯人に繋がるような情報も得られなかったと締めくくった。

「まあ、動機が近隣トラブルってのは、わりかしあることだが」

生田が眉を指で掻きながら呟く。隣で署長も一旦は頷くが、すぐに首を傾けた。玲も現場で水本に会って話を聞いたが、遺体を発見した動揺こそ見て取れたが、それ以外、なにも感じられなかった。刀根に対する嫌悪がある筈なのに、死んだとわかって同情した表情を浮かべたし、同時に身近で殺人事件が起きたことに興味津々という態度も垣間見えた。ごく一般的な二十代の若者の反応ではないだろうか。近隣トラブルから殺意を抱いて撲殺したというイメージは湧かない。だいたい早朝に、被害者がそんな隣人を招き入れるだろうか。

全ての情報が出揃ったところで、班割りして担当を決める。

檀はいつもの通り、所轄刑事課の若手と組む。人が考える先を読んで即行動、探すものを見つけ出すまで、いつまでもどこまでも調べ続けるせいで、大概の刑事は疲労困憊《こんぱい》する。今回もそうならないようにと、熊川に頼んで体力のある者をつけてもらっていた。

檀がそんな刑事と一緒に出てゆく。見送ったあと、ふと気づいて思わず振り返った。今、檀が所轄員のあとから部屋を出て行った気がする。常に誰よりも先に動く檀が。

紫藤が気づいて、「どうかしましたか」と尋ねてくる。

「ううん。別に」といって、玲はホワイトボードへ目を向けた。


その日の午後八時、再び捜査会議がもたれた。

國枝は、遅れるとＬＩＮＥで連絡したきり、どこでなにをしているのか、いっさい報告してこない。二度目の捜査会議は一課長も機捜も鑑識もおらず、捜査員だけだから出なくてもいいと思っているのかもしれないが、手に入れた情報は共有してもらわないと困る。國枝の勝手気ままに慣れつつあるも、出る吐息は止められず、なんとか平静を保って玲は自席に着いた。

地取り、鑑取り班から次々に短い報告がなされる。事件の発覚からおよそ半日経つが、大した情報は出てこない。玲は頼みの綱という目で檀を見るが、檀の視線は雛壇やホワイトボード、手元の手帳のどこにも向いておらず、宙に浮いていた。

紫藤が、午後に報告された司法解剖の詳細を述べ始めたのを見て、玲は熊川の横に移動し、小声で訊いた。

　熊川は一瞬、うん？　という表情をしたが、なにも訊かずに答えてくれた。

「小学校ならあるよ。現場から歩いて十分くらいのところに、私立信徳《しんとく》学院小学校。有名な伝統校で市外からも大勢通っている」

「今日って、普通に授業がある日ですよね」

「だろうね。創立記念日とかでなきゃ」

　礼をいって席に戻る。生田が怪訝そうな顔をしていたが、気づかぬ振りをした。

　会議が終わって捜査員が三々五々に散ったころ、國枝が戻ってきた。

「なにか情報ありますか」玲は、物欲しげな顔にならないよう気をつけながら声をかける。

　同じ気持ちなのか、宝尾班のメンバーだけでなく生田までもが集まって國枝の顔を見つめた。組織犯罪対策課にいたこともあるから、今も半グレやヤクザ関係には強く、意外な情報を引いてきたりするのだ。

　いやあ、と國枝は頭を掻いた。

「刀根が陰でこそこそ悪さをしていたんじゃないかと、地元を仕切っている連中に訊いてみたんですけどね。誰も刀根のことなんか知りませんでしたよ。半グレや悪ガキの高校生にも、刀根の生前の写真を見せましたが全く知らんそうです」

恐喝、薬物、風俗関係の犯罪には関わっていないということか。

「そうですか。刀根には前科前歴がなく、運転免許もないから事故もない。至って普通の人間だったということでしょうね」

そういって玲は一旦言葉を切り、様子を窺う。だが、檀からはなんの反応もなかった。さすがに國枝や紫藤、小向井ですら不審の目を向ける。檀が気づいて、「え？」という表情をする。

玲は近づいて檀の正面に立った。

「檀さん、わたしは宝尾班の班長です。まだみなさんに認めてもらえるような班長ではないでしょうが、それでも今はあなたの上司です」

檀が僅かに頬を強張らせる。

「さっきあなたと組んでいた所轄刑事に話を聞きました。疲れた様子もないので、気になったんです」

加えて、玲が不用意に刀根のことを「至って普通の人間だったということでしょう」といったのに檀は反論しなかった。理論派の檀なら、普通の人間が突然殺されることはない、そんな目に遭ったということ自体、普通でないでしょう、くらいはいうだろう。

「捜査の途中、所轄刑事を置いて、捜査車両でどこかに行かれたそうですね。國枝さんでもあるまいし、檀さんらしくない。どこでなにをしていました？」

苦笑いする國枝の隣で、檀が軽く唇を噛む。

「娘さん、倫華さんと会っていましたか」

檀の家は、新貝市と隣接する夫野辺《ふのべ》市にある。信徳学院小学校には市外からも大勢児童が通っていると熊川もいっていた。

「倫華さんは信徳学院に通っているんですね」

檀は僅かの間、口を引き結び、そして小さく息を吐くと頷いた。

「申し訳ありません。現場で娘を見かけたのが気になって、自宅に戻って問い質してみました」

小学校から現場まで大人の足で十分。子どもなら十五分はかかるだろう。だいたい夫野辺市の自宅に戻るのなら駅に向かう筈だが、全く方向が違う。しかも学校はまだ授業中だった筈だから親なら気になるだろう。

「そうですか。それで？」

檀が疲れたように首を振る。

「黙秘です。脅してもすかしても、なにひとつ答えようとしない。完黙です」

被疑者じゃないのだからと呆れていると、怖いもの知らずの紫藤は平気で口にする。

「常から親子の会話はあるんですか」

檀が怖い目で紫藤を睨むも、先に目を逸らしたのは檀で、そのまま体の力を抜くのがはっきりわかった。檀とて親だということか。

「あるとは、自信もっていえないな。仕事のせいにするつもりはないが、どうしても妻に任せきりになる。もちろん、問題が起きたり相談ごとができたりしたら、わたしもきちんと取り組み、意見をいうが」

「そんなときだけ父親顔されても」

紫藤のいいたい放題に、國枝や小向井の方が引きつる。玲は、「紫藤さん、少し黙ってて」と釘を刺した。

「いや、紫藤のいう通りでしょう。わたしでは、娘がなんで現場付近をうろついていたのか訊き出せない。だからもう一人に当たってみようとは思っています。もちろん、この事件が終わってから」

「もう一人？」

「ええ。同じ制服を着た小学生の女児が娘と一緒にいたので、妻に確認しました。容貌からして、恐らく友達の丸尾江里菜《まるおえりな》だろうというので」

うーん、と玲は唸る。生田が、やれやれという体でその場を離れた。あとは玲に任せるということだ。

「檀さん、落ち着いて。まさか娘さんの友達を取り調べるつもりじゃないでしょうね」

いや、そんなと口ごもるのに更に被せる。

「その気がなくても、傍から見れば同じです。いいですか、ひとまず娘さんのことは置いておいてください。今、あなた自身がいったように、事件が終わってから親子で改めて話し合えばいいことです」

「そうそう。それこそ奥さんに任せたらいいじゃないですか」と國枝も援護射撃する。

口を閉じた紫藤と小向井が並んで首を縦に振っている。檀は諦めたらしく、わかりましたといって室内の敬礼をすると背を向けた。所轄の刑事を呼んで、今度は先に檀が部屋の外へと出て行った。

＊

玲は紫藤と共に現場に向かう。

ひとまず、第一発見者の水本を、刀根に対して不満を抱いていた身近な人間という理由で署に呼び出し、話を聞くことになった。それ以外にも、刀根が近くのコンビニでクレームをつけたとか、三年前までいた職場を辞めた理由が荷物の横流しだったとか、色々出てくるには出たが、どれもそこから先が繋がらない。殺してやろうとまで思い詰めるほどの動機を持つ者が出てこないのだ。捜査の基本に戻って第一発見者を疑え、というのはあまりに安直だが、最近の刀根を知る数少ない人間であるのは違いない。

水本が署にいるあいだ、アパートの周辺で聞き込みをしてみようと思い立った。紫藤のおやつをねだる犬の顔に根負けした形だが、玲もそれくらいしか思い浮かばない。

車内で、刀根佑次の戸籍謄本や住民票、メゾンシンカイにくる以前の居住地での暮らしぶりを記した報告書を読む。両親はそれぞれ十五年前、十一年前に亡くなっている。兄弟姉妹はおらず、結婚歴もなく子どももいない。ないない尽くしの上に住所を何度か変更している。両親が亡くなってからは特に頻繁で、メゾンシンカイに住む前のところでも、ゴミ出しをいい加減にしたり、家賃を滞納したりと問題を起こしていた。それでやむなく引っ越したということだろう。

「あの不動産会社も問題ですよね」

紫藤がフロントガラスの向こうを睨むようにしていう。

保証人欄がないのに契約した理由を、担当者は汗を噴き出させながら白状した。ようは賄賂だ。酒と食事を奢《おご》られて致し方なく、いや安易な気持ちで入居契約を結んだのだ。家主には、問題ないと嘘の報告をしていたらしい。その時点で犯罪ではないかと紫藤は唾を飛ばすが、家主が大ごとにしたくないといっているなら、わざわざ事件にする話でもない。

「でもそんなお金、どこから出たんでしょう」

前の住まいでは家賃を滞納していた。人に奢るだけの金を持っていたのが妙といえば妙だ。捜査員、特に檀はそこのところを攻めてみようと、今ごろ走り回っているだろう。

「仕事らしい仕事もしていないのよね。五十九歳の特技資格もない中年男が働ける仕事は多くないだろうけど、今どきはフードデリバリーでもなんでもあるでしょう。いったいどうやって暮らしていたのか」

「あの太った体で自転車は無理じゃないですか。体調も悪かったみたいですし」

一度、倒れて搬送されているから、本人にしてみれば体力仕事は無理と諦めていたかもしれない。ただ司法解剖では生活習慣病の所見はあったが、仕事をするのに支障があるような病気は見つからなかった。倒れたというのも栄養の偏りからくる貧血であったようだし、過激なことさえしなければ長生きできただろうということだった。

「単なる怠け者だったのかもしれない。あ」

道路の端を同じ制服を着た児童が、まとまって歩いているのが目に入った。時計を見ると下校時だ。紫藤も気づいて、「停めますか」というので、お願いといった。

車を降りて声をかけた。先生の指示をきちんと聞いているらしく、突然の不審な女の出現にみな警戒の色を浮かべ、あとじさる。慌てて微笑みを作るが、むしろはっきりいった方がいいかと手帳を見せた。警察だ、警察？　とお互い顔を見合わせた小学生はようやく興味のある目をして顔を向けた。

「檀倫華？　えっと二組だ」とそのうちの一人が教えてくれる。同じ方向の電車で顔を合わせるので知っているらしい。しかもうまい具合に、その二組の子が通りかかった。バトンタッチして、そっちへ声をかける。

「檀さん？　もうちょっとしたら出てくると思うけど」

「江里菜さんと一緒よね」とカマをかけると、あっさり頷く。

「ところで昨日は学校お休みだった？」

ええっ？　と怪訝な顔をする。違うなら授業を抜け出したということになるが、さすがに小学校でそんな真似をしたら教師が気づくのではないか。

「あー、でも昨日は運動会の予行練習日だったから、わりとゆるかったかも」と女児は小首を傾げながら呟く。

「ゆるい？」

「クラスごとに行進の練習とかするんだけど、先生はいちいちあたし達の顔を見たり数えたりしないから」

さすがに進学校の児童だけあって、玲がなにを訊きたがっているのか察したらしい。

「檀さんと丸尾さんなら、お昼休みの前くらいからいなくなっていた気がする」

そして玲の後ろをみて、きた、といった。さっと振り向くと、制服を着た女児が二人並んでこちらに向かって歩いてくるのが見えた。玲が体を起こすと二人は気づいたらしく、一瞬、動きを止め、そしていきなり手を繋いだまま走り出した。だがすぐに紫藤に追いつかれ立ち塞がられる。教えてくれた女児はそんな様子に目を丸くし、好奇心溢れる顔をしたが、玲はお礼と寄り道せずに帰るよういって、強めに背を押した。

倫華の名前は、檀がつけた。

檀は倫理学が好きで、警察官ということもあったからだろう、娘には正しい人になって欲しいという願いを込めて名付けたらしい。信徳学院小学校を勧めたのも檀で、信徳では道徳の時間に重きを置き、人としてどうあるべきかを問い続ける教育を理念に掲げているそうで、そこが気に入ったとか。

「パパはなにもわかっていない」

娘の評価はひと言だ。

檀倫華は肩までの髪を二つに分けて結んだ、丸い顔に丸い目をした女児で、可愛いだけでなく年齢以上に落ち着いた雰囲気を漂わせる。学校の帰りに寄り道するのは良くないが、警察官が一緒なら文句もいわれまい。そう勝手に解釈して、二人の児童を少し先の公園に誘う。神妙な顔つきでついてきたのは、やはり倫華の親友、丸尾江里菜だった。倫華と同じ髪型をしているが、顔は面長で黒目がちの目をしている。二人は姉妹といっても通るほど似た雰囲気があった。

パンダや象などの形をした椅子が地面に据え付けられていて、シマウマの背に倫華と江里菜が並んで座る。その前にある象に玲が腰掛け、後ろに紫藤が立つ。

「二人して昨日、授業を抜け出したのよね。それをお父さんに見つかり、追及された。それがどうしてわかっていないってことになるの？」

倫華がちらりと隣の江里菜を見、江里菜も遅れて倫華を見つめ返したあと玲へ問う。

「あたし、容疑者ですか？」

は？　という顔をしたが、江里菜の真剣な眼差しを見て首を振ってみせた。

「今はそう思っていません。それとも昨日の事件について、そうと疑われるだけのものがあなた方にはあるのかしら」

江里菜が大人のように眉をひそめ、倫華が口を引き結ぶ。そういう顔をすると檀に似ている。

「いいたくない」「黙秘します」

二人が声を揃える。もちろん、あとのセリフは倫華のものだ。玲は苦笑し、軽く背伸びする。そしてさっきから気になっていた倫華のリュックにぶら下がるキラキラしたキーホルダーに目を向けた。

「それって歌手？」

ぷっと噴き出したのは紫藤で、玲は顔だけ向けて軽く睨む。丸いプラスティックケースのなかに若い女性の顔写真があった。倫華はさっと手で隠し、子どもらしく口を尖らせる。

「ライブアイドルじゃないですか？　見たことあります。グループ名はなんていったかなぁ。コットンクラブ？」と紫藤がいうのに、すかさず倫華が訂正する。

「コットンドールズ。これはセンターのマホリン」

「ライブアイドルって、地下アイドルともいわれている人よね。ごめんね、そっち方面は詳しくないの。わたしはね」と玲はいってポケットからスマホを取り出し、写真を選んで倫華と江里菜の前に差し出す。二人揃って、「宇都宮蒼だっ」とちゃんと答えてくれた。玲は心から微笑む。

「蒼の推し？」

「そう。国内の大会やアイスショーには必ず行くようにしている。チケットが取れなかったときは一日中、ベッドで泣いている」

あははは、と明るい声が響き、倫華が、わかるわかるという風に頷く。

「わたしもママにお願いして時どきライブを一緒に見に行くんだけど、夜が多いから少ししか行けない」

「わかるわぁ。わたしも部下がちゃんと働いてくれないと仕事が長引いて、大会の応援に行きそびれることがあるから。そんなときは応援フラッグを握って恨みごとを呟く」

後ろで紫藤が身じろぐ気配がしたが気にしない。ただ、「パパが仕事で遅いときがチャンスなんだ」といったのには、玲も苦笑いするしかない。

「パパはマホリンを推すことを反対しているの？」

「推し活していることもいってない。だってパパには、誰かを一生懸命応援することが楽しくて、元気にしてくれるってことが理解できないと思うから」

檀芳樹は、家にいるときは常に倫華に対し、成績のことをうるさくいわない代わりに、人としてあるべき姿、するべきことを考えなさいというらしい。誕生日にくれたのは『こどものための倫理学の本』で、テレビだとアニメはもちろん、バラエティもドラマもドキュメンタリー以外は興味がなく、ニュース以外見ない。そんな檀の思いを自分の娘はちゃんと理解して、真面目に楽しく学校に通っていると思っている。それなら昨日、事件現場付近にいる倫華を見て動転したのも頷けると、玲は納得する。

実際の倫華は父親の目を盗んでテレビドラマやアニメを見、ネットの海を潜り、推し活に精を出している。檀芳樹はやっぱり、なにもわかっていないのかもしれない。

「そうか。じゃあさ、昨日のことを教えてくれたら、わたしが倫華ちゃんのパパに推し活の良さをそれとなく教育してみるけど？」

えっ、という顔をしたのは紫藤で、実際に声を上げたのは倫華だ。

「そんなことできるの？」

「わたし、こう見えても倫華ちゃんのパパより偉いの。つまり上司です」

へぇー、と倫華と江里菜が声を揃えて目を丸くするのに、玲はすこぶる気持ちを良くした。

＊

翌日、玲は、周囲に檀や他の捜査員がいないのを確かめてから、こっそり國枝を呼んだ。

「ちょっと当たってもらえませんか？　他になにか当てがあるならいいですけど」

「いや、正直、行き詰まってますから、むしろ渡りに船です。今はどんな小さな取っかかりでも欲しい」

「ではお願いします」といって、詳細を告げる。國枝は黒目を一瞬、揺らして思案したあと、「しかし信徳学院の教師とは、唐突ですな。どこからの情報です？」と訊いてきた。

　さすがに檀の娘からとはいいにくい。紫藤とたまたま小学校の近くを走ったとき、気になることを見かけたのだと口を濁す。國枝は察したように頷くと、一人で捜査本部を出て行った。

　隣で紫藤が、いいんですか、という顔をする。あとで檀が知ればややこしいことになるだろうが、一人で動く國枝だからこそ都合がいい。なにせ相手は小学校の教師だ。

　昨日、学校帰りの檀倫華と友人丸尾江里菜から話を聞いた。

　どうして事件現場にいたのか問うと、運動会の予行演習が退屈だったので、ちょっと気晴らしに出たと答えた。そうしたらたまたまパトカーや野次馬が屯していて、近くへ行ったら父親に見つかった。だから慌てて逃げた。それだけだと、一見理路整然とした話だったがいかにもうさん臭い。

　だが、ひとまず玲は深く問い詰めることをしないで、学校やクラスのことに話を向けた。そんななか、倫華を含む友人のＬＩＮＥグループ内で、小学校の教師の不倫の噂が出ていることを知ったのだ。スマホは基本、学校では使えない。防犯上、必要ということで持たせる親も多いから、学校内に入ると教師が預かり、下校時に返すようになっている。

噂に出てきたのは、倫華のクラスの副担である相馬《そうま》亮樹《りょうき》三十五歳だった。信徳学院小学校の副担教諭に応募し、期限付きの常勤講師として一年半前より勤めている。背は低いが筋肉質で、笑うと猫の寝顔のようになって児童からは人気が高い。陽気で元気、子どものように一緒になって遊んでくれるとか。だが、倫華の友達グループはあまりいいようには思っていない。いい加減なところがあるのだそうだ。児童の名前をよく間違えたり、お願いしていたことを忘れたり。そのくせ、馴《な》れ馴れしく頭や肩を叩いて親愛の情を示そうとする。仲間の一人がそういうのを嫌がり、相馬推しのグループに対抗するように、アンチ相馬というスタンスを取ることにしたらしい。やがてＬＩＮＥでのお喋りのなかに、いつのころからか相馬が女の人と歩いていたという話が出るようになった。相手は児童の母親かもしれないという言葉が出て、噂は一気に沸騰《ふっとう》した。

子ども同士のことだから、はっきりいって信用できない。ただ、玲が気になったのは、昨日の事件について訊いているのに、どうしてそんな噂話を持ち出してきたのかということだ。しかも倫華の親友、丸尾江里菜は開口一番、『あたし、容疑者ですか？』といった。二人は刀根佑次が殺害されたと知って現場に出向いた、だから事件の話を逸らせるために、わざと教師の不倫話を持ち出した。と、そう考えることもできる。

それが正しいかどうか確認したい。そう思って、玲は國枝を呼んだのだ。

話を聞いた生田は、考え過ぎじゃないかという。「小学生の女子が太った中年男を殴り殺すって？」と冗談めかしながらも笑い声は上げなかった。

紫藤が真面目な顔をしつつ意見を述べる。

「倫華ちゃん、檀さんと似ていなくて、とても真面目ないい子だと思います。殺人事件と関連付けるのは無理があるでしょうが、現場にいたことは看過できませんし、不穏な感じがないともいいきれません」

紫藤の容赦ない言葉に生田が苦笑する。玲は、いずれきちんと紫藤に、組織における上下関係や同僚間でも敬意を持つことの重要性を説かないといけないと、心にメモをする。

＊

鑑取り班が、三年前まで刀根が困窮していたことを突き止めてきた。

メゾンシンカイにくる前、アパートを出るよう促されていただけでなく、滞納家賃について簡易裁判所から支払督促を受けていた。居酒屋の裏口で残り物を分けてもらっていた姿も目撃されており、スーパーの試食品を食べ尽くして追い出されたことなどもあったそうだ。着ている服もいつも同じで洗濯をしていないから臭ったらしい。いずれ路上生活者になるだろうと、家主や隣人らは思っていたと証言した。だがその後、突然、全ての借金を清算し、アパートを穏便に退去している。メゾンシンカイに移ってきたのはそのあとのことだ。

「どうやってそんなお金を手に入れたの？」

所轄刑事は生前、刀根が通っていた立ち飲み屋で聞いた話ですが、と断りを入れて述べた。

「投資？　刀根がそんなことをしていたって？　それでもうけて家賃を払ったと？」

仕事をしている風でもないのに、毎晩、飲みに通う佑次の様子に、常連客の誰かがなにをして稼いでいるのか訊いたのだろう。それに答えて、投資といい、訊いた方は冗談かと聞き捨てた。

玲はすぐに紫藤や檀に目をやる。アパートの部屋にそんな痕跡があっただろうか。手元の資料を繰るが、株式や投資に関する書類や名刺類はない。遺体や生前の様子からでも、投資などに興味を持つタイプには思えなかった。パチプロで稼いでいたという方がまだ納得できる。情報を引いてきた刑事も同じように思うらしく、「もし三年前から投資をしていたのなら、口座などにその形跡は必ず残っている筈です。現在、調べているところですが、飲み仲間の口ぶりからしても、酒の席での戯言《ざれごと》、ほら話である可能性は高いでしょう」という。

だが、それに異を唱えたのは檀だ。

「ほら話と切り捨てるには尚早だろう」そういうなり檀は、隣に座る相方の所轄刑事、体力自慢だと熊川が推薦した若手に、顎を振って促した。立ち上がった刑事を見て、玲は小さく呻《うめ》く。

若い刑事は額に滲《にじ》む汗を拭うこともせず、目を忙しなく瞬かせていた。上着のポケットに栄養ドリンクのキャップが覗いているのを玲は目を閉じて視界から消す。

「ほ、報告します。聞き込みをした結果、刀根佑次の自宅アパート近辺で何度か女性の姿が見かけられたという情報を得ました。近くを通りかかる人に片端から問い質し、ようやく三十代から四十代の短髪の女性、スーツ姿で大きな黒いバッグを持っているということまで判明しました」

「スーツに黒いバッグ？」

生田が、「保険の営業かなんかじゃないのか」と首をひねる。

所轄刑事は頷きながら、「そんな風に見えたという人もいました。ただ、今の投資の話からして、そっち方面であるかも」というと、隣の檀から注意が飛ぶ。

「そっち方面なんていうな」

「は、はい。つまり三年前の滞納家賃を支払ったお金が、投資によるものかは別としても、少なくとも最近、投資のような一般的な仕事とは違う形で金を稼いでいた可能性はあるのではと考えます」

「だが、その見かけただけの女性が、必ずしも刀根を訪ねていたとはいえないだろう」

生田がいうと、檀はすっと立ち上がる。

「ですので、早急にその女性を確保します」

檀はそのまま後ろの戸口へと歩き出し、所轄刑事が慌てて追いかける。ふらついてテーブルの角にぶつかるたび、同僚に、大丈夫かと声をかけられていた。

國枝が午後の捜査会議をすっぽかし、三時ごろ戻ってきた。

玲のいる雛壇へと近づきながら小さく頷いてみせる。それを見た玲は紫藤に、「檀さんが戻ってきたらすぐ知らせて」と告げて、別の会議室へと移動した。

國枝がパイプ椅子のひとつに腰を下ろして手帳を広げる。

「倫華ちゃんのクラスの副担、相馬亮樹ですが、今のところこれといって怪しいところは出てきません。年齢は三十五歳で独身、住まいは本条市の単身者用マンション。信徳学院の副担になったのは一年半前でそれ以前は、蒲生《がもう》市の公立小学校で教員をしたり、塾の講師をしておったようです。信徳学院の講師応募には三年前と一昨年にもチャレンジして、昨年春の試験でようやく通り、晴れて副担となりました。児童だけでなく保護者からの好感度は良く、学院長や同僚教師からも特に問題があるような話は出てきていません」

「そうなの。それで女性関係は？」

「まあ、三十代の筋骨隆々、健全な男性ですからね。以前は恋人がいたらしく自宅マンションに出入りしていた女性が何度か目撃されています。ただ最近、見かけないということなので別れたのかもしれません」

「新しい恋人ができて、それが児童の保護者ってことは？」

信徳学院の関係者に直接当たるわけにはいかないので、國枝は以前勤めていた小学校の元同僚やバイトしていた塾に聞き込みをかけた。

「少なくとも、以前勤めていた職場では児童や塾生の保護者と特別な付き合いをしていた、という噂は出てきませんでした。さすがにそんな真似すれば、職を失うことくらいはわかっていると思いますよ」

玲もその噂については半信半疑だった。ただ、他にも気になったことがあったから調べてもらったのだ。玲が椅子に深くもたれ上目遣いに國枝を見つめると、國枝も真剣な表情になって頷いた。

「児童に対する必要以上の接触についてですね」

倫華らがアンチ相馬を標榜《ひょうぼう》するようになった理由のひとつに、相馬が馴れ馴れしく接してくるのが嫌だというものがあった。

「さすがに児童や先生にいきなりそんな話はできないので」そういって國枝はひと呼吸置く。「結論からいうと、はっきり断定できない、ってとこですね。相馬はイケメンではないが、人懐っこい容貌に口が上手《うま》く、確かに女性にはモテるようです。塾の講師仲間は、相馬が同僚の女性からいい寄られたり、短い周期で恋人をとっかえひっかえしていたなど、話してくれました。半分、やっかみのようでしたが」

「当時の子どもらとのあいだで、そういった噂はなかった？」

「出ませんでした。相馬が女好きであるのは間違いないでしょうが、児童に対しても果たして同じ気持ちでいたかどうかとなると。少なくとも元同僚はみな首を振っていました」

「大人の女性が好きだから、子どもは相手にしないとはっきりいいきれるものでもないけど」

「まあ、そうですが。ただ、こういったことは、被害が出て初めて発覚するところもあるんで。これまでは、そういったことはなかったとしか、いいようがないですね」

「わかりました。あとはこっちで考えてみます」

「ところで班長、例の投資女はどうなりましたか」

午後の捜査会議で俎上《そじょう》に載った話を國枝に教える。

檀を始めとする捜査員らによって、女性の姿を捉えることができた。コンビニの防犯カメラに映っており、更には刀根佑次がその女性と揉めていたという目撃者まで見つかった。

「ほお。そりゃ、本星かもしれませんね。刀根の投資話は本当だったわけですか」

玲は首を振った。「まだわからない。今、檀さんらが女性の特定に走り回っている」

國枝は、防犯カメラからプリントした女性の写真を手に、なにか思うところがあるらしく黙って席を立った。

ドアから出ようとしたところ、入れ違いに紫藤が入ってくる。

「檀さんらが戻った？」

紫藤は小さく頷き、「駅の防カメでも例の女性を見つけたらしく、聞き込みである程度、絞れたといってます」といった。廊下に出ていた國枝も耳にしたのか戻ってくる。

わかった、といって玲は立ち上がるが、紫藤の様子がおかしいのに気づいて動きを止める。

「なにかあるの？」

「それが」といって紫藤が口ごもる。催促すると、吐息を漏らすようにいった。

「その女性、丸尾圭以子《けいこ》かもしれないと」

「丸尾……って、まさか？」

「はい。丸尾江里菜の母親です。夫とは早くに離婚していて、母子の二人暮らし」

玲は早足に会議室を出ると、そのまま捜査本部へと飛び込む。雛壇に人だかりがあり、生田と熊川がホワイトボードの前で揃って腕を組んで立っていた。

「管理官、その女性って」といいかけて、檀がいないことに気づいた。問う前に生田がいった。

「今、檀が確認のため聴取に行った。場合によっては任同をかけるそうだ」

玲はすぐに振り返り、紫藤さん、と呼んだ。紫藤は既に車の鍵を握って上着を手にしていた。玲もすぐに上着を摑んで部屋を出る。おおい、と生田が後ろから呼びかける声がしたが無視して走った。

もう下校してしまったかもと思いながら、信徳学院小学校の正門近くに車を停めた。門扉の側では教師が二人、声をかけながら児童を見送っている。まとまった数で帰ることになっているのだろうが、なかには仲のいい二人だけで先に駆けて行ったり、一人遅れて歩いたりする姿がある。紫藤と二人でフロントガラス越しにそんな様子を見ていると、やがて倫華と江里菜の姿が現れた。紫藤を置いて玲だけが外に出て、ゆっくり近づく。倫華が先に気づいて足を止めると、江里菜も顔を上げてこちらを見つめる。

「こんにちは」

倫華と江里菜は顔を見合わせ、揃って挨拶を返してくれる。

「わたしの車で家まで送るっていうのはいいのかしら。先生にいわないと駄目かな」

二人はちょっと思案する顔をし、車の方を見やる。運転席では紫藤が笑顔で手を振っていた。

「あの」

そのとき小学校の方から声がした。振り返ると、人懐っこい笑顔の小柄な男性が近づいてくるのが見えた。玲は背筋を伸ばし、会釈《えしゃく》する。

「副担の相馬といいますが、警察の方？」

「そうです。宝尾玲といいます」そういって手帳を見せる。

「うちの児童にご用ですか。先だってもこの二人に声をかけられたそうですね」

「はい？」

「見ていた他の児童が喋っていたんです。そういうこと、あっという間に広がるので。変な噂が立って嫌な思いをするのはこの子らですからね」

そういって相馬は倫華の肩に手を回す。倫華はそっと距離を取って江里菜に体を寄せた。

「そうでしたか。配慮が足りず失礼しました。こちらの檀倫華さんの父親がわたしの同僚ですので、つい声をかけてしまって」

「そういうことですか。それでも警察といわれると児童は面白半分に妙な噂をしたり、広げたりしますから」

「面白半分に妙な噂をする、ですか。例えば、先生の誰かが保護者と不適切な関係を持つとかいったことでしょうか」

　相馬の顔が引きつる。人懐っこい笑顔が固まり、醜く歪みかけたところで再び笑顔になる。

「そういうことです。どんな噂を耳にされたかは知りませんが、子どもというのは空想と妄想のなかで生きています。あまり真に受けないようご忠告します」

「妄想ですか。わかりました、肝に銘じます。それで」

「これ以上、児童らに構わないでいただけますか」と先手を打たれる。「必要であれば、保護者か学校を通してください」

　もっともなことなので、引き下がる。玲は頭を下げ、倫華と江里菜に手を振って背を向けた。車をゆっくり出して、バックミラーで相馬が学校へと戻るのを確認しながら角を曲がった。

　通学路から逸れて走っていると、紫藤が、あ、といって急ブレーキを踏んだ。ダッシュボードに手をついて運転席を睨むと、バックミラーを見ているのでそのまま振り返った。二人の小学生が手を振りながら駆けてくる姿があった。

　二人を後部座席に乗せて、学校から少し離れた場所まで行って車を停めた。紫藤と揃って座席のあいだから後ろへ顔を向ける。

それで？　と問うと、「ちゃんと話をした方がいいと思ったから」と倫華が江里菜を見ながらいった。そして小さな声で、パパにいったって叱られるだけだし、と付け足した。江里菜が顔を赤くして、小さく揺れるように頷く。

「わかった。倫華ちゃんのお父さんにはわたしから伝えます。話してくれる？」

「あの日、殺された人のところへ行ったのね？」紫藤が喋りやすいように口火を切る。

うん、と二人揃って頷いた。丸尾江里菜が、ぽつぽつ話し出す。

離婚したあと、圭以子と江里菜の親子は新貝市のUR賃貸住宅で暮らし始めた。市内でも隣の夫野辺《ふのべ》市に近い場所で、倫華と同じ方向の電車に乗って学校に通っている。古い住宅らしく、どの部屋にいてもスマホで喋る声が聞こえるらしい。

ある夜、江里菜はスマホに応答した圭以子の様子がおかしいのに気づいた。いい争っているのがわかって、思わず耳をそばだてた。そのとき圭以子が、刀根さん、と呼びかけたらしい。電話が終わったあと、圭以子に大丈夫かと尋ねたが、心配いらないお客さんがちょっと誤解しているだけ、としか答えなかったという。

「お母さんのお仕事ってどんなのか知っている？」

玲が尋ねると、江里菜は首を傾げたまま小さく左右に振った。黒い大きなバッグに書類とかいっぱい入れて、お客さんのところに話をしに行っているのはわかっていたから、保険かセールスのような仕事だろうと思っていたらしい。

「そしたら、またその刀根っていう人から電話があって」

それが事件の前の晩だったという。圭以子と刀根のやり取りを聞いた江里菜は、なにか尋常でない雰囲気を感じ取り、思い詰めた挙句、倫華に相談した。

「どんな内容だったか、わからない？」

「わかりません。でも、お母さんはなんだか凄《すご》く困っている様子でした。そのうち、明日の朝、そちらに行くって、角野のアパートまで伺いますからっていうのが聞こえて」そこまでいって顔をくしゃりと歪めると、江里菜は涙を溢れさせた。泣きじゃくって言葉にならない。倫華が真っ赤な目をしてそんな江里菜を労《いた》わる。

「それで心配になって学校を抜け出したのね」

玲が問うと倫華が替わって頷き、話を続けた。

「場所はわからなかったけど、角野の方まで行ったら人がいっぱい集まっていたから」

気になって近寄ったところを檀に見つかったのだ。紫藤が倫華の顔を見て尋ねる。

「江里菜さんのお母さんは近くにいなかった？」

二人揃って首を振る。早朝に訪ねたのならとっくに現場を離れていただろう。今さらながらアパートに防犯カメラがないのが惜しまれる。
「ネットニュースで殺された人が刀根っていう人だと知って、江里菜のお母さんのお
客さんのことじゃないかと思った。わたし達、だんだん怖くなって――」
いいかけた倫華まで泣き出し、江里菜と姉妹のように抱き合う。やがて江里菜が顔
だけ上げ、「お母さん捕まるの？　捕まるんですか？　でも絶対、お母さんは犯人じ
ゃない」と涙ながらにいい募る。
返答に困っていると、倫華のリュックからスマホの呼び出し音が聞こえた。背から
下ろして取り出し、画面を見て不安そうな目を玲に向ける。
「パパからだ」
玲は小さく息を吐き、手を差し出した。

＊

意外にも、口添えしてくれたのは熊川刑事課長だった。
「わたしにも娘がいてね。結婚が決まるころになって、ようやくまともに口を利いて

もらえるようになった」

後ろで紫藤が、「結婚費用かかりますから」と呟くのを玲は睨みつける。

玲と紫藤が、倫華らと接触していたことを知って、檀が気分を害した。おまけに娘が容疑者の娘と親しく、行動を共にしていると聞いて、珍しくうろたえた。

「ここで頭ごなしに叱ると同じ家にいてもいないかのように扱われ、無視され続けることになるよ。娘ってのは父親に対してとことん優しくなれるところもあるが、反対に容赦ない残酷さも見せる」と熊川が辛そうな表情を浮かべる。

「そういうもんですか」

子どものいない國枝は興味津々という顔つきだ。生田は小刻みに頷き、独身の玲、紫藤、小向井は黙って聞いている。

「どういうわけかは知らないけど、宝尾さんに懐いているようなんでしょう？　そりゃあ、ラッキーと思った方がいい。知らないあいだになにをされるかわからないより、ずっといい。小学四年生ともなれば、猫みたいにケージに閉じ込めておくわけにもいかないし。事件を抱えた刑事が四六時中、見張ることもできんだろう」

そういって熊川がにっと檀に笑ってみせる。それで檀は折れた。玲は、熊川の刑事課長としての力量を垣間見た気がした。

檀が任同してきた丸尾圭以子の尋問は、結局、國枝がすることになった。やはり檀は差し障りがあるだろうと生田が判断したのだ。そして肝心なところにきて、圭以子は殺害を否認した。しかもアリバイがあるという。

「刑事ドラマのせいで、一般人が平気でアリバイとか動機とかを口にする」と取調室の隣にある監視部屋で、檀が苦々しそうに呟いた。ガラス窓の向こうでは、國枝が感心した顔でアリバイを尋ねている。

「あたし、そのころ彼氏のところにいたんです」

圭以子は、年齢三十八歳。奇《く》しくも玲と同い年だ。十歳の娘がいることに、若干ながら胸の奥に疼《うず》きを感じる。そんな感情を振り払い、じっと圭以子を見つめた。

赤茶色の髪は肩までのゆるいパーマで、化粧は濃い。ふくよかな体型と童顔のせいで、年齢より若く見えた。ぽってりした唇を真っ赤な口紅で強調し、服装も胸元が大きく空いたカットソーにジャケットを合わせている。体型にぴったりしたスーツで、スカート丈は膝下まであるのに足を組むと腿《もも》の近くまで持ち上がる。

「男の客に不自由はしなかっただろうな」と檀が辛辣《しんらつ》なことをいえば、紫藤も鼻息を荒くする。「女を売りにして客を摑んでいたってことですよね」

圭以子がしている仕事は、マルチ商法に近い。まず、金を増やしたいと思っている客、主に年配の寂しさを纏《まと》う男性に、間違いのない投資商品があると勧める。更に儲けを出すためのマニュアル本など、商材が必要だと売りつける。そんな高いもの買えないといえば、それなら自分と同じように客を見つけてくれれば、大幅に値引してもらえると持ちかける。それが半額近くまでになるから、うっかり話に乗ってしまう。だが、そう簡単に客など見つからない。しかも投資したものは一向に益を出さない。結局、投資で損をし、加えて高い商材の代金を支払わされることになる。

圭以子は一応、客の委任を受けて投資をしていたから、その点では詐欺ではない。だが、預かった金額の一部を誤魔化していた節がある。そこに、とても商材とはいえないお粗末なマニュアル本を売りつけ、マルチ商法までが加わる。

「これって悪質ですよ。投資はいいとしても、投資商材詐欺にマルチですよ」と紫藤がいえば、檀も頷く。

「刀根は圭以子の不法行為に気づいて、金の返還を求めたのかもしれません」

動機は金か。窓の向こう側にいる國枝は無表情を決めていたが、本星だと思っている気がする。要領良く投資の話を聞いたあと、國枝は刀根殺害の件を持ち出した。そこに、いきなりアリバイがある、という言葉が出てきたのだ。

「では、そのアリバイを証明してくれる恋人のお名前を教えてもらえますか？」

國枝が片方の眉を上げながら問う。圭以子はしばし躊躇い、思わせぶりに肩をすくめると薄く苦笑を浮かべた。

「相馬亮樹って人。娘のクラスの副担よ」

これにはさすがの檀も言葉を失った。紫藤は呆気《あっけ》に取られたまま固まっている。

「捜査本部に戻るわよ」

眉間に皺を寄せたまま玲がそう告げると、檀が一番に監視部屋を出て行った。

圭以子にはひとまず捜査員を張りつけて、帰すことになる。別の刑事が、相馬に任同をかけに行った。残った刑事達を前に玲は捜査方針を切り出す。

「まずは、丸尾圭以子のアリバイを確認する。相馬亮樹への事情聴取は」といいかけると、すぐに檀から手が上がる。玲は首を振り、所轄のベテラン刑事を指名する。相馬は檀の娘の副担でもあるのだ。もちろん檀のことは信頼しているが、私情を挟んだという余計な疑いを持たれてもいけない。そのことをちゃんとわかっているらしく、檀は黙って立ち上がると所轄刑事を連れて出て行った。恐らく徹底して、相馬や圭以子の周辺を調べ尽くすだろう。連れ回され、働かされ続ける所轄刑事には気の毒だが、今は我慢してもらうしかない。

動機のある容疑者をやっと見つけたと思ったら、思わぬ反撃を食らった。問われるのを待っていたかのように、圭以子はアリバイを開示した。

「穿《うが》った見方かもしれないけど、その態度こそが自らの犯行を認めている証とも取れる。改めて圭以子の身辺、事件当夜の行動など逐一調べて。相馬宅の近辺で目撃者を捜し、同僚教師や他の児童の保護者からも相馬について訊き出してください。もう小学校であろうが、教師であろうが関係ない。相馬を調べ、圭以子を調べる」

刀根佑次の銀行預金口座に、投資に使ったと思われる金の動きが判明した。これで投資話は真実味を帯びた。

「圭以子については、他の被害者を捜し、詐欺などで立件できるようにもしてください」と玲はいつになく強い口調で指示する。そして、刀根の鑑取りをしている班にも命じる。

「口座には不定期にまとまった金額の入金があります。刀根はそれによって大した仕事もせずブラブラ暮らせていたと思われる。このお金がなんの金か、どこから手に入れたものかもきっちり調べて。いいですね」

生田も立ち上がって発破をかける。

「おい、素人に翻弄されてんじゃないぞ。日本の警察を甘く見るなと知らしめるんだ。

いいな」

揃って返事があり、みな音を立てて椅子から立ち上がる。紫藤までもが出て行こうとするのを玲は止めた。

「江里菜ちゃんに話を聞きに行く」

「あ、はい」

死亡推定時刻は午前三時から五時までのあいだと判明した。その間、圭以子がこっそり家を出たとしても、寝入っていたなら江里菜も気づけないだろう。それでも玲は、確認したかった。

＊

相馬亮樹はすこぶる怪しいという。

玲は署にいなかったので、直にやり取りを見ることはかなわなかった。生田や熊川がいうには、取調室で所轄のベテラン刑事に丸尾圭以子のことを問い詰められると、学校にはいわないでくれと泣きながら頼み込んだそうだ。圭以子は独身で、相馬も独身だから問題ないようだが、教師が受け持ちクラスの児童の親と関係するなど、絶対に許されないだろう。相馬が教師を続けることは恐らく無理だ。

「そんなにマズいことだとわかっていて、なんで児童の保護者と関係するんでしょう」

　ましてや信徳学院に就職したくて何度も試験を受けたくせに、僅か一年半でこの体たらくだ。紫藤が呆れた顔をし、熊川が唸るようにいう。

「圭以子の方から誘ってきたそうだ。お互いがそういい合っているから、なんともいえないがな。ともかく肝心なアリバイについては認めたよ。二時過ぎから朝五時前まで一緒に過ごしていたそうだ」

「裏取りはどうですか」

「それがな。デートはいつも相馬の自宅マンションだそうで、玄関やエレベータには防犯カメラはあるんだが廊下にはなく、裏口にあるのは先月から故障して放ったらかしだそうだ。圭以子は裏から入って階段を上って部屋に行き、同じルートで帰ったといっている」

「証明はできないわけですね」

「まあな。今も、調べさせているが」

　相馬のマンションは、学校からも圭以子の住宅からも離れていて、相馬の目を盗んで抜け出し、刀根のアパートへ行って戻るということは難しい。相馬と刀根のあいだに接点はなく、面識もないという。熊川が、相馬と圭以子のあいだに金銭貸借などないか探させていた。圭以子が相馬の弱味を握り、それで偽証をさせたという筋を狙っているのだろうが、玲は相馬の顔を思い出して目を細める。

紫藤も相馬と会っているから同じように感じたのだろう、熊川相手に堂々と意見を述べた。

「相馬は人当たりの良さそうな顔をしていますけど、どこか油断ならない気配があると感じました。圭以子の脅しに屈したりするようなタイプには見えません。更には、自分の将来を棒に振ってまで、恋人のために嘘を吐く人間でもないと思います。殺人犯のために偽証したとなれば、学校を辞めるだけではすみませんから」

熊川は紫藤を見て、ほお、と感心したのか呆れたのかわからない表情を浮かべる。隣では生田が苦笑いしていた。

「脅されたり、愛のために嘘を吐くタイプじゃない。だとすれば、アリバイは本当だということかね？」

紫藤はちょっと躊躇いながら答える。「そこまではまだ断定できませんが。偽証するにしても余程の弱味でないと無理かと考えます」

圭以子はあっさり相馬の名を出した。相馬も、学校にはいわないでくれと懇願しながらも素直に認めた。詐欺を働いていたにしても、相馬を買収するだけの金を持っているとは思えない。

「ふうむ。アリバイがあるとなると圭以子の線は消えるか」

金銭がらみの怨恨でないなら流しの犯行になるが、あのアパートを見る限り強盗が殺人を犯してまで狙うとは思えない。熊川が思案顔で腕を組む。

新人刑事ともいえる紫藤の意見を頭ごなしに否定することなく、一度は呑み込んで可能性を探る。そんな熊川という刑事課長をあと僅かで失うことに、玲は惜しむ気持ちを強くした。

「で、そっちはどうだったんだ」と生田が玲を見る。「圭以子の娘に当たったんだろう?」

玲は、はい、といって背を伸ばす。

「丸尾江里菜は、当夜、圭以子が家を抜け出したことは知りませんでした。子どもですから熟睡している時刻です。ただ」

「ただ?」

「圭以子が相馬と付き合っていることは、勘づいていたようです」

「そうなのか?」

自宅を訪ねたとき、圭以子はいなかった。署から帰されたあと、一旦は自宅に戻ったが、すぐにまた仕事に行くといって出て行ったらしい。圭以子がなにもいってくれないので、江里菜は不安を抱えたまま一人で途方に暮れていたのだ。そこに玲と紫藤が現れたものだから、興奮して感情を爆発させた。大声を上げて泣きながら、圭以子は悪くないといい募り、そして相馬先生が悪いのだと口を滑らせた。

「なんだ、子どもは知っていたのか。いい加減な母親だなぁ」

生田にも娘がいるからか、江里菜に同情するようないい方をした。

どうして相馬とのことを知ったのか尋ねた。江里菜は、圭以子がお風呂に入っている隙にスマホのLINE画面を開けたらしい。直前まで使っていたのを知っていたので、ロックがかかる前にちょっと覗き見してみようと操作した。そこに相馬とのやり取りを見つけたのだ。その後、同じクラスのLINEグループに、児童の保護者と信徳学院の先生が怪しいと、江里菜自身がメッセージを書き込んだ。

「なんでまたそんなことを?」

「それが広がって学校で噂になったら、相馬も母親との付き合いを止めると思ったんでしょう。バレて相馬が学校にいられなくなったとしても、それはそれで良かった。

江里菜にしてみれば、母親が先生とおかしな関係だということ自体、許せなかったみたいですね」

小学四年生なのだ。自分の嫌悪感がまず一番にきて、それに圭以子は悪くない、先生が悪いという思考が入れば、どういう結果になるか想像もできないまま動き出してしまう。ところが圭以子が警察署に連れて行かれるという事態が起きて、頭のなかは大混乱。小さな胸には怯《おび》えと不安が怒濤《どとう》のように押し寄せた。

「可哀そうにな」

「で、その圭以子は娘をほったらかして、今、どこにいるんだ」

近くにいた所轄の係長がいう。「尾行している刑事からの報告では、顧客のところを順々に回っているらしいですね。恐らく、警察が詐欺などの立件に動かないよう、顧客を宥《なだ》めようという腹なんでしょう」

「やれやれ、ご苦労なこった」生田が吐息を吐き、「檀がとっくに、告訴する人間を見つけているよ」という。

今回の事件に限っては、いつもの檀らしくない、いやいつも以上の冷静さと素早さで立ち回っていると玲は感じていた。一刻も早く、娘に降りかかる火の粉を払いたい親心か。なににせよ圭以子は連行され、本格的に尋問を受けるだろう。捜査本部とすれば、詐欺の聴取をしながら殺人事件についての聴取も行うことになる。アリバイがあるといっても、今のところ動機を持つのは圭以子以外に見つかっていない。玲の脳裏に江里菜の泣き顔が思い出され、そのまま倫華の口を引き結んだ顔が浮かんだ。

＊

翌日、丸尾圭以子に対する告訴状が出されたことで、再び、署に任意同行することになった。今回は取り調べも同然だから、長引くだろう。

迎えに行った刑事によると、娘の江里菜は学校を休み、信徳学院の教頭と保健師が自宅に様子を見にくることになっているらしい。

「ひとまずは落ち着いているようですが、恐らく学校側が親戚か誰かに連絡を取るんじゃないでしょうか」

玲は、國枝と小向井、そして所轄の刑事二係、いわゆる詐欺・知能犯係を加えて圭以子の尋問に当たるよう指示する。二係の尋問で商材詐欺や違法なマルチ商法についての供述を引き出させる一方で、國枝らが刀根殺人事件を追及するのだ。

「うまく行くかなぁ。いまだにアリバイは崩せていないんだろう？」

「いずれ崩します」玲は、生田の目を見て答える。

　檀が執拗に、事件現場の周辺と圭以子の当夜の動きを調べている。夜中に相馬の自宅に向かったのなら、どこかの防犯カメラに映っている可能性はある。若しくは、刀根のアパートに向かうどこかで。檀は手ぶらでは戻ってこないだろうし、戻る気もない筈だ。

「倫華ちゃん、大丈夫でしょうか」

　紫藤が不安を口にする。檀の娘だ。親友が困っているのを見て、なんとかしようとするのではないか。ちゃんと学校に行っているか、確認した方がいいかもしれない。

「こうなると、早く親戚でも別れたご主人でもいいから、ひとまず江里菜ちゃんを引き取ってもらう方が、みんな安心でしょうね」

　紫藤が無責任なことをいう。圭以子の別れた夫は既に再婚し、北陸で平和に暮らしているらしい。月々の養育費は支払われているということだから、父親としての責任は果たそうとする人物のようだ。逮捕となれば、圭以子自身がどうするか判断するだろう。

「親戚といえば」と熊川がいう。「刀根のアパートの部屋を片づけたいって連絡があったんだ。賃貸借契約も解除し、残っている荷物類も廃品回収に処分を依頼するっていうから、片づけるっていうよりは、あと始末だな」

「刀根の親類ですか」玲は手元の資料を捲《めく》った。両親は他界しているが、当然ながら双方の係累がいる。刀根が親戚付き合いをまめにしていたとは思えないが、それでも一応、戸籍などで親類縁者を捜して通夜葬儀、遺骨の引取りなどを打診していた。

「父方の祖父だ。まだ存命らしい」熊川が察して教えてくれる。

「祖父ですか。相当高齢ですよね」

集められた資料のなかから、刀根久登巳《ひさとみ》を筆頭者とする戸籍を探して除籍でないのを確認した。年齢は今年百一歳だ。祖父本人が不動産屋や業者と直にやり取りしたとは思えない。妻は亡くなっていて戸籍に残っているのは久登巳だけで、それ以前のものには両親と妹が一人いたが、二親はとっくに死亡し、妹は結婚して戸籍を出ている。

気になって玲は立ち上がり、上着を手に取った。目を向けると、紫藤も上着を着てバッグをはすかいに掛け、車の鍵を手にしようとしている。

「おい、圭以子の調べ、見ないのか」生田が眉を上げて見つめる。

「そちらは任せます。なにかあったら連絡をください」

そういって捜査本部をあとにした。

紫藤がいい加減だと憤慨していた不動産屋から、少し離れたところにあるコインパーキングに車を停めさせた。歩いて店先まで行き、壁一面のガラス越しになかを覗くと、刀根の担当だったという男が客の相手をしているのが見えた。保証人の件は問題になった筈だが、働いているところを見ると穏便にすんだらしい。地元密着型の小さな不動産屋だから許されるのだろう。

様子を窺っていると、そんな店に物件を探しにくるようには見えない、四十代の身なりのいい男性が出てきた。きちんと整髪した髪に色白の下膨れの顔、黒縁の眼鏡。スーツは太めの体にフィットしているからオーダーメイドかもしれない。見送りに出てきた担当者が、玲と紫藤に気づいて顔を歪めた。刀根の件で顔を合わせていたから、すぐに思い出したようだ。

「警察の方ですよね、まだなにかあるんですか」

そういった途端、見送られた男性が振り返った。怪訝そうな様子で玲と紫藤を見、そして担当者を見る。担当者が慌てて説明しようとしたが、それを制して、「刀根佑次さんの事件を捜査している刑事さんですか」と直接声をかけてきた。

向き合うと男性の背広の襟にひまわりのバッジが付いているのがわかった。玲と紫藤はポケットから名刺を取り出し、交換する。

「幸松《ゆきまつ》弁護士さんですか。刀根佑次さんとはどのような？」

玲が名刺を手にしたまま尋ねると、ちょっとお茶でもどうでしょう、と道の向こう側にあるセルフのコーヒーショップを目で示した。

玲達と幸松は店に入って四人掛けテーブルで向かい合う。紫藤が隣でメモ帳を開いた。

「わたしは佑次さんの祖父である刀根久登巳氏の成年後見人をしています。佑次さんが亡くなられたと警察から知らせがあり、わたしが代理で参りました」

「佑次さんのお祖父《じい》さまのご依頼で、あと処理にこられたということですね」

「ええ、まあ」

玲は目を瞬かせ、「失礼ですが、久登巳氏はご高齢ですよね。通夜、葬儀にもおいでになっておられなかったのはそのせいですか」といった。

「実をいいますと、久登巳氏はほとんで寝たきりでして、今では意思疎通も難しく、財産管理という役目も負っておる関係から、わたしの判断であと処理をさせていただきました」

遺骨も引き取るつもりだという。

「それは助かります。お祖父さまに引き取ってもらえれば、佑次さんも安心されるでしょう」

　幸松は軽く肩をすくめる。

「どうでしょうね。両者に交流というようなものは全くなかったですし、今回、警察から連絡を受けて他に身内も引き取り手もないというので、仕方なくきたような感じですよ」

　聞けば、久登巳は新潟県の山間《やまあい》に一人で暮らしているということで、一人息子である刀根の父親が二十代で実家を出てから、没交渉となっていたらしい。親子で心の行き違いでもあったのか。父親が話さなかったなら、刀根は祖父の存在自体知らなかったかもしれない。

「いや、知ってはいましたよ」

「え、そうなんですか？　佑次さんはお祖父さんに会いに行かれたことがありましたか？」

「いやいや」といいながら、苦い物を飲み下したように眉間を寄せた。「金ですよ」

「はい？」

「数年前、突然、連絡してきて金を少し融通してもらえないかといってきたんですよ。わたしが久登巳氏から知らせを受けて、対応しました」といって一旦言葉を切り、コホンと思わせぶりに咳をして見せて、周囲に目を配った。声を潜めて、「佑次さんは金に困って追い詰められていたようでした。どうやって知ったのか、祖父がいて、金を持っていそうだとわかって連絡をしてきたんです」という。

幸松は、その当時はまだ意識もあった久登巳に確認し、必要最小限ですませるように指示を受けたそうだ。見たこともない孫のために、無駄遣いする気はないといったらしい。刀根久登巳という人物は、謹厳《きんげん》であり怜悧《れいり》な精神の持ち主のようだ。その辺が、息子との決裂に繋がったのかもしれない。

「そのとき、わたしが佑次さんのことを少し調べました。お世辞にも好人物とはいえない方のように思いましたので、以後はわたしが目を光らせ、なるたけ久登巳氏に迷惑をかけてこないよう気をつけていました」

「数年前というのはいつでしょう。はっきりわかりませんか」

幸松は眉を片方だけ上げて思案し、スマホのカレンダーを捲り始めた。しばらくしてようやく、「三年前の七月二十日ですね。孫だという男から連絡あり、刀根宅に伺うと入れています」といった。

隣で紫藤が何度も頷き、玲も思わず口元を弛めた。メゾンシンカイに移る前に、滞納家賃を支払ったり、不動産屋に奢ったりできたのは、そのとき祖父からせしめた金があったからだ。となれば、投資の話はそれ以後のことになる。新貝市に移ったことで、丸尾圭以子に目をつけられたのか。

「それで佑次さんを殺害した犯人の目ぼしはついているんでしょうか」

黙っていると、幸松は肩をすくめる。「もちろんお話しいただけないでしょうが、くれぐれもよろしくといわせていただきますよ。曲がりなりにも刀根家の人間ですからね」

そういってあからさまに腕時計を見て立ち上がる。「久登巳氏は、いつなにが起きてもおかしくない状態なので」すぐに戻らなくてはいけない、といって弁護士は小さく会釈する。

こちらでできる刀根佑次に関する用事は全て終えたようだ。幸松はそそくさと駅への道を辿る。その背を見送りながら紫藤が呟いた。

「百一歳の戦前戦中戦後を生き抜いた傑物というんでしょうか。老いてもぐうたらな孫のいいなりにはならなかったということですね」

玲が答えずにいると、「なにか気になりますか」と訊いたあと紫藤はふいに目を輝かせる。

「もしかしてあの弁護士が疑わしいと思っておられるんですか？　あり得ますよね。

事件当日のアリバイ調べてみます」と真面目な顔でいうのに、玲は苦笑した。弁護士が雇い主のために刀根を殺すなど考えにくい。

「というより、圭以子は、佑次に祖父がいることを知っていたのかなと思った」

「そうか。それで、投資の話を持ちかけたということですね。確かに、あんなアパートに暮らす中年男をターゲットにするには、それだけの理由がありますよね」

「その点が疑問でもあった。弁護士は三年前から、なるたけ迷惑をかけてこないように、といった。なるたけということは、何度かは金をせびられたのかもしれない。もう少し訊いた方がいいわね」

「呼び戻しましょうか」

「ええ」

紫藤が走り出そうとしたら、突然、目の前に小さな体が飛び出してきた。

「倫華ちゃん?」

驚いて見下ろす玲と紫藤に向かって、倫華は父親顔負けの冷たい視線を向けてきた。

*

車の側で、倫華を説得することになった。

学校をサボってきたことを注意すると、逆に、江里菜の母親を誤認逮捕したと糾《きゅう》弾《だん》してきた。

「まだ逮捕していません」

紫藤がやすやすと口を滑らすのを呆れた気持ちで見やる。小学生相手だと勝手が違うのか、それとも檀の娘と思うからだろうか。

どうしてここにいるのかと問うと、玲と紫藤を捜していたという。

「捜す？　どうやって？」

「車の色とナンバーを覚えていたから、事件の関係先を歩いて回ったの。そしたらここに車があるのを見つけて、うろうろしていたらコーヒーショップにいるのが見えた」

なんという行動力。親ゆずりといっていいのではないかと、玲はため息を呑み込み、更に尋ねる。「ここの不動産屋さんのこと、よく知っていたわね」

「事件があったアパートの脇に看板が出ている」

やはり檀の娘だ。玲は紫藤と顔を見合わせ、うっかりしたことはいえないと気持ちを引き締める。とにかく、江里菜の母親のことは警察に任せて、学校に行けと再び告げた。ところがいきなり、「さっきの人は誰ですか?」と問う。黙っていると、もしかして弁護士さん? と訊く。

胸のバッジを見ていたらしい。紫藤がにっこり笑って、「倫華ちゃんは法曹界を目指しているのかな? 弁護士さんとか裁判官とか。もしかして検事だったりして」と話を逸らすが、無視される。

「これからどうするんですか」

玲は、倫華の目を見て答える。

「捜査を続けます。それが仕事ですから。倫華ちゃんの仕事は、学校に行って授業を受けることでしょう?」

「でも親友が困っているのに放っておけない」そういって目を潤ませるが、今度はこっちが無視する。

「さあ、学校まで送るから車に乗って。でないとお父さんを呼びつけることになるわよ」

渋々、頷く。後部座席に乗せてドアを閉めたあと、運転席側に回った紫藤がルーフ越しに、「あの弁護士さんどうしますか」と訊いてきた。玲は小さく首を傾け、「ちょっと行ってみようと思う」といった。

「新潟へですか」紫藤が驚きながらも、なぜか嬉しそうに笑み、勢い良く乗り込んだ。玲はその場でスマホを取り出し、生田に連絡を入れる。あれこれいうかと思ったがすんなり、まあいいよ、といわれた。どうやら圭以子の尋問が思わしくないらしい。唾を飛ばして、詐欺でもなんでも逮捕すればいい、でも殺人は絶対否認すると叫んでいるそうだ。この分だとアリバイが崩れない限り、自供は引き出せないだろうと生田は疲れた声でいう。

信徳学院を目指して車を出させる。ちらりと振り返ると、倫華が黙ったまま思案顔をしている。嫌な予感がするのを振り払い、玲は視線をフロントへ向けた。あと少しで学校というところで、倫華がようやく口を開いた。

「このあとどっか遠いところに行くんですか」

「うん？　どうして？」

「紫藤さんがガソリンメーターを気にしているから」

運転しながら紫藤は顔をしかめ、舌打ちする。苦笑いだけして、「もうすぐ着くからリュックを背負って」というと、シートのあいだからいきなり前へ乗り出してきた。

「わたしも連れて行ってください」

「駄目」

「だったら、わたし、さっきの弁護士さんを捜して、一人で行く」

「はあ？　どうやって？　この県の人じゃないのよ」紫藤が子ども相手にむきになる。睨みつけて、余計なことはいうなと注意した。紫藤は、すみません、といって頭《こうべ》を垂れる。

「家に全国の弁護士名鑑があるから。写真入りの。ちょっと古いけど」

「うーん。あのね、倫華ちゃん、全国に弁護士は何人いるのかわかっている？　ひとつひとつ写真を見ていっても、簡単には見つけられない」

「新潟」

紫藤が、えっ、と叫ぶ。玲とのやり取りに聞き耳を立てていたのだろうが、半分はカマをかけたのだ。それに紫藤が素直に反応した。倫華がにこっと笑うのを見て、玲は眉根を寄せる。熊川は無理だといったが、猫用のケージに閉じ込めるのもひとつの策のように思えてきた。

「宝尾さん、これ」

そういって後ろから倫華の手が伸びてきた。そこにあるものを見て、今度は玲が、えっ、と叫んでいた。

宇都宮蒼。昨年のグランプリシリーズで演技した衣装を着た蒼のフィギュアがあった。

「持ってますか？」

ぶんぶん首を振りそうになるのを必死で堪える。五月にあったアイスショーのとき、会場で販売された限定品で、こどもの日のための特別モデルだった。収益を子どもの施設に寄付するという、いわばチャリティ商品だったが、こういうのは非常に珍しく、あっという間に完売になった。玲もそのショーを見に行っていたが、子ども優先ということもあって手に入れられず悔しい思いをした。それからは暇を見つけては、ネットオークションに出品されていないか確認しているが、いまだ見つけられていない。

「ど、どうしてそれを」声が上ずってしまい、唾を飲み込む。

倫華がフィギュアを撫でながら、「クラスの子が持っていたの」という。その子の母親がやはりフィギュア好きで、家族でショーを見に行った際にいくつか購入したらしい。そのひとつを倫華が交渉して、譲り受けたという。

「代わりに当分、その子の勉強を見てあげることになっちゃった。あんましおりこうじゃないのよね」と不服そうに口をすぼめる。そんなことで手に入るなら、わたしが毎日教えてやると口走りそうになる。紫藤が隣から冷たい視線をちらちら流してくる。

「新潟に行くのなら一緒に連れて行って。そうしたらこれ、あげる」

ハハッ、バカバカしい、そんなことできるわけがない、とすっぱりいいきれない辛さで体がよじれそうだ。苦悩に歪んだ顔を見せないように前を向いて掌で覆う。

「いや、班長。駄目でしょう」紫藤が呆れた声でいう。

「う、うう、ん」

玲は指のあいだから車の時計を見る。新潟まで有料道路を使って往復四時間ちょっと。向こうに着いたら車内に閉じ込めて、終わったらすぐに帰る。途中のＳＡで食事とトイレくらいは必要だろうが、大人しくすると約束させたら。いやいや駄目だ、とんでもない。

「学校、着いたわよ。支度して」

紫藤が強い口調でいう。玲はそっと後部座席を見やる。倫華が頬を膨らませ、「いらないなら、わたしが自由にしていいよね」といって、細い指で蒼の首を握り込み、捻り上げようとした。

思わず、やめて、と声に出していた。

＊

「これって」と紫藤が絶句する。

玲も隣から屋敷を見上げて言葉を失っていた。余生を送れるのに充分なお金はあるといっても、所詮新潟の山奥での独り暮らしなら、こんなものだろうと想像していたのが打ち砕かれた。

迎えに出てきた幸松弁護士は、そんな玲らを見て唇の片端を上げる。「ただの田舎家と思っておられましたか。ここから見渡せる周囲の山林田畑も全て刀根家のものです」

玲と紫藤はいわれるまま見渡す。山は向こう側が見えないくらい高く、常緑樹と紅葉した樹々が混ざり合って美しい景観を見せており、数十反はあると思える田畑は、稲刈りが終わった寂寥《せきりょう》とした姿に変わって、そのなかを風が吹きすさぶ。再び視線を前に向けた。

屋敷を囲む築地塀《ついじべい》はひと目では見渡せないほど左右に長く延びていて、中央の大きな格子状の門扉の奥にある笞の玄関が、ここからでは見通せない。

「土地だけで二千坪、母屋《おもや》は平屋建てで三百坪ほど。築百年以上になる日本家屋ですが、一部、リフォームして病室らしく設《しつら》えています。住み込みの使用人の家は別棟にあり、通いの手伝いと看護師が常駐できる部屋も用意し、ヘルパーが宿泊できるようにもなっています。裏手には蔵、離れ、それに昔、農作業のための雇い人の寮として使っていた二階屋が一棟、庭は有名な作庭家によるもので、温室、噴水、ミニゴルフコースがあり、あと」

「いえ、もう充分わかりました。しかし、これだけ広大なお屋敷ですと防犯については気を遣われるでしょうね」

幸松は大仰に両手を広げる。「もちろん、できる限りの防犯設備は整えていますよ。ただ、独り暮らしとはいえ、住み込みの使用人もいますし、病室には常に誰かがついています。またヘルパーさんはもちろん、わたしもちょくちょく顔を見に伺っていますから」

ひとまず、なかへどうぞと促されて玲と紫藤が歩き出すと、幸松が車の後部座席の窓から覗く顔を見つけて眉を跳ね上げさせた。説明する前に、「まさか佑次さんの？」と焦った顔を見せる。もし佑次の子どもなら相続人になると思ったのだろう。

「いえ、事件とは関係ありません。途中で同僚の娘さんと会って自宅まで送って行ったのですが、知らない間に後ろに乗り込んで眠り込んでいたようです。車内にいるようにいいつけていますのでお気になさらないでください」

道中、三人で思案して用意したいい訳を述べるが、幸松はあっさり、「そういわず、一緒にどうぞ。子どもさんも面白く思うものがなかにはたくさんありますから」と勧める。大人しかいない屋敷なので、小学生が歩き回ってくれるだけで明るくなると笑った。

この人里離れた屋敷から、子どもの声が消えてどれほどのときが経つのだろう。そう思いながら玲は、倫華が恐る恐るという風に車から出てきて、瓦の乗った門を見上げる姿を見つめた。

刀根久登巳氏の自室兼病室は屋敷の一番奥、南向きの庭に面した場所にあった。引き戸を開けて挨拶をしたが、大きなベッドの真ん中で目を瞑《つむ》ったまま横たわる小さな老人の姿を見て、静かに引き下がる。側にいるヘルパーらしき年配の女性とお手伝いさんが会釈してくれた。本人に会う必要はなかったが、こうして実際に目にしたことで考えさせられるものもあった。

一人息子に出て行かれて、音信は絶えた。それからどんな気持ちで数十年を過ごしたのだろう。大きな屋敷に独居し、庭や山林を目にしながら、なにを思って暮らしていたのか。後悔も寂しさもあっただろうが、長い時間をかけて消化されていったということか。眠り続ける主とそんな主に仕える他人ばかりの屋敷は、寂しいという感覚さえ霞《かすみ》となって薄れてしまうのかもしれない。

玲は幸松と共に廊下を辿る。ふいに笑い声が響き渡った。声を追って縁側に出、ガラス戸越しに広々とした庭に目をやる。紫藤と共にリビングで待っている筈の倫華が、いつの間にか外に出ていた。

近くには人のよさそうな中年の男女がいて、恐らくお手伝いさんか雑用を引き受けている人だろう、倫華のためにあちこち案内して回っているようだ。庭園が珍しいのか、築山を迂回してひょうたん形の池に渡る橋の上から、鯉《こい》でもいるのか水面《みなも》を眺めた。かと思うと、小さな滝を目指して飛び石の上を歩き、苔むす石灯籠《いしどうろう》をぽんぽんと叩く。

縁側から紫藤が、「危ないから、こっちでじっとしててよ、もう」と困り果てた様子で声をかけている。玲を見て、すみません、ちょっと目を離したら、といい訳をした。

「まあ、いいわよ。ところで」と玲は幸松に顔を向けた。リビングのソファに三人座って、刀根佑次についての詳しい話を聞くことにする。

思った通り、刀根は何度か金の無心をしたらしい。刀根の通帳にあるまとまった金額の入金は、幸松からのものだったのだ。断ればここへやってきそうな感じだったので、誤魔化すようにして金を渡していたと幸松は苦々しそうにいった。

「この屋敷を見たら、欲が出るでしょう。まさかいつ死んでもおかしくない老人を殺してまで財産を奪おうとは思わないでしょうが、佑次さんが屋敷に入ったら、誰も逆らえなくなります。一応、刀根家の唯一の跡取りですから」

幸松は、生前の刀根には一度しか会っていないといったが、それで充分人となりが知れたという風に嫌悪を露《あら》わにした。紫藤が強い視線でそんな幸松を見つめる。

やはり弁護士の線はあるかもと、思っているのだろう。

「久登巳氏が生きている限りは、わたしが財産を管理していますから勝手な真似はさせませんが、亡くなったあとのことを思うと」と言葉尻を濁した。それで、久登巳が遺言書を作成していないことが知れる。

「息子さんが亡くなったと知ったときに、強く勧めておけば良かったと後悔しています。いや」といって幸松は右手を額に当てる。「孫がいることはそのときわかりましたから、ひょっとして刀根家の財産は順当に孫に渡ってもいいというお考えだったのかもしれないな」

「そうですか。それで佑次氏が亡くなられた今、久登巳氏に万一のことがあれば、どうなるのでしょう」

「もちろん、法定相続人に渡ることになります」

「他にどなたがいるんですか？」

「うーん、こういうの弁護士がいうのは差し障りあるんですけどね。ま、調べたらわかることですからいいか」

久登巳には妹がいた。九州の宇城《うじょう》家に嫁にいき、子どもを男女一人ずつ産んだが本人は既に亡くなっている。

「つまり久登巳氏には甥と姪がおられるということです。二人とも結婚されて九州におられたんじゃなかったかな。名前は……ちょっと待ってください」

そういって幸松は手元のファイルから資料を取り出し、目で追う。

「ああ、あった。宇城芳次《よしつぐ》さんと妹の瑛子《えいこ》さんですね。芳次さんは既に亡くなられておられますので、相続には関係ありません。で、妹さんの方ですが苗字が変わって、今は……こっちの方だな、永塚《ながつか》、永塚瑛子さん」

「それぞれにお子さんはおられるんじゃないんですか」

幸松は眼鏡の奥でぱちぱちと瞬いた。

「いても関係ありませんよ」

「え」

「久登巳氏にとって妹さんは傍系血族です。直系と違って、傍系血族の代襲相続は次の世代までで、つまり相続人は瑛子さんお一人ということになります」

「ということはもし、瑛子さんが亡くなったら」

弁護士は眼鏡の縁を持ち上げ、頷いて見せた。

「久登巳氏が亡くなる前に瑛子さんが亡くなった場合は、どれほどたくさんお子さんがいても相続人なしということで、遺産は国庫に行くことになるでしょう」とはっきりいった。

「なるほど。それでその永塚瑛子さんは」

「ご存命ですよ。年齢は五十六歳。日南市《にちなん》にお住まいです。数年前に離婚されて、お一人暮らしのようですね」

刀根が亡くなってから、すぐに法定相続人の所在を確認したらしい。弁護士としては当然のことだろうが、あまり気が進まないようだ。

「その方とはご連絡を取っておられるんですか」

幸松は驚いたように眼鏡の奥で見開く。

「まさか。久登巳氏はご存命ですから、こちらから永塚さんにそんな話をしたりしませんよ。もちろん、亡くなられたらお知らせはしますが、これまで一度も連絡したことはありません」

「では、永塚さんはご自身が相続人であることはご存じないかもしれない？」

「以前から刀根家と宇城家に交流はなかったようですし。しかも新潟と九州ですからね。あちらは刀根のことはなにも知らないんじゃないですか」

瑛子の人となりや身辺についてはこれから詳しく調べてみるつもりだと、幸松は付け足した。

紫藤が懸命にメモ帳にペンを走らせる。刀根佑次が亡くなったことで、利益を受ける者が出てきたわけだ。玲は、縁側から庭に視線を移した。蔵や寮があるといったが、美しい庭と竹藪《たけやぶ》のせいでここからだと見えない。かろうじて紅葉した山々が借景のように浮かんでいるのがわかる。もし、丸尾圭以子が刀根のことを調べていて、新潟の資産家の相続人だと知ったとすれば、殺害する動機がなくなるのではないか。圭以子は独身なのだ。騙してでも結婚する方法を取るだろう。それとも、そんな策略を見抜かれて、厄介払いされそうになって逆上したか。

戻ったなら、すぐに永塚瑛子のことを調べてみる必要がある。刀根さえ死ねば、莫大な財産を相続できると知っていたのか、知らなかったのか。そんな玲の思案顔を見て、幸松が眉間に皺を寄せた。

「できれば、永塚さんには余計なことはいってもらいたくないんですがね」

「その点は留意します」玲は頷いた。

立ち上がって、縁側から倫華を呼ぶ。息せききって、林のなかから飛び出してくる姿を見て玲はがっくり肩を落とす。頬を赤くして子どもらしく目を輝かせている。これほど広大な屋敷は見たことがないだろうし、珍しいのはわかるが、いったいなんのためについてきたのか。これでは、ただの日帰り旅行だ。

玲は、倫華を同行させることを了承させるため、檀とやり合った苦労を思い出す。もちろん、宇都宮蒼のフィギュアが欲しいからなどということはおくびにも出さず、危険はないと繰り返した。このままでは、また学校をサボってそれこそ行方がわからなくなる可能性も出てくる。今回のことを条件に、二度と勝手な真似をしないよう約束させるのもひとつの手だと提案した。それでも渋る檀に向かって、玲の手を引き寄せ、倫華が直接、スマホに向かって声を上げた。「パパが江里菜のママを逮捕するなら、もう二度と口を利かない」

そのひと声が効いたわけでもないだろうが、紫藤が側について、車から出さないというのであればと、檀は渋々承知した。

帰りの車のなかで、屋敷内を走り回ったことは口止めしなくてはと考える。

＊

新潟に行っているあいだ、丸尾圭以子の聴取は前進した。

二係刑事の執拗な尋問を受け、まず、いい加減な商材で詐欺を働き、法に抵触するやり方でマルチ商法に勧誘していたことを認めた。更には刀根佑次と揉めていたことまで白状した。いい争っている姿を目撃されていると告げるとあっさり認めたのだ。騙されて商材を売りつけられたといって刀根が、購入金額を全額返還するよう迫った。返さないなら警察やマスコミに訴える、逃げ回るなら家まで押しかけるとまでいったそうだ。そんな抗議の電話を事件の前の晩に受け、仕方なく明朝、説明に行くといったが、結局、圭以子は出向くことはしなかった。説明できるわけがないのだから当然ともいえる。

刑事が、「そういったリスクがあるのに、よく地元に住む刀根をターゲットにしたな」と問うと、見た目はしょぼいけど金はあるらしいと聞いたからと答えた。最近ではこういった詐欺はネットを使って勧誘したり、指示を出したりするケースが多い。直接、相手と顔を合わせずにすむし、万一、刀根のように逆上されてもいざとなれば逃げられる。圭以子の顧客のなかで、最も近いところに住んでいるのが刀根だった。

「金を持っていることを誰から聞いた？」そんな質問にも圭以子は面倒臭そうに、もうそんなことどうでもいいでしょうと不貞腐れる。しつこく問うと、「聞いたっていうより、飲み屋で見かけたのよ。貧相な身なりなのに財布に札が入っていたから、ちょっと声かけて一緒に飲んだら、なんか金を持ってそうだなってわかったのよ」とだけ答えたらしい。

戻ってすぐに始めた捜査会議で、そういったことが順々に披瀝《ひれき》された。玲は黙って聞きながら、ちらりと渋面を作る檀を見る。倫華を新潟まで連れ回したことで気分を害しているのかと思ったが、会議が進むうちにそうでないことがわかった。

事件当夜、圭以子が自宅にいたと思われる事実が明らかになったのだ。

「いちから詳しく説明してください」

玲が声をかけると、檀は長テーブルについたまま頷き、隣に座る所轄刑事に目をやる。若い刑事は立ち上がってメモ帳を広げた。

「報告します。まず事件当夜、圭以子の住むUR賃貸住宅の部屋の真上に住む男性が、デリヘルを依頼しました。午前四時少し前、デリヘル嬢がやってきましたが間違えて圭以子の部屋のインターホンを鳴らしたそうです。不機嫌な女性の声で応答があり、デリヘル嬢はすぐに間違いに気づいて退散したといっています」

「顔は見ていないのね」

「はい。ただ、圭以子の部屋であったことは確かだと証言しておりますし、デリヘル嬢が間違えてインターホンを鳴らすことを圭以子が前もって知っていたとは思えません」

若手刑事がひと息吐くのを見て、檀が口早に付け足す。

「依頼した上の階の男と圭以子に今のところ接点はない。男はバーで働いており、深夜三時に帰宅、思いついてデリヘルを頼んだと供述している」

紫藤が手を上げるなり、意見を述べる。

「そんな事実があることを圭以子はどうしていわなかったのでしょう。わざと隠し、あと出しでアリバイがあるといって警察を翻弄するつもりだったのかもしれません。圭以子の聴取には厳しい対応が必要かと思われます」

臆せず、自分の考えを述べるのはいいことだが、紫藤はときどき熱が入り過ぎて遠慮がなくなるのが難点だ。檀や小向井は馴れた顔つきだが、所轄刑事らのなかには、なんだ偉そうにという目で見る者もいる。

「圭以子にその点を問い質してみました」

聴取を担当している刑事二係の捜査員が、眉間に皺を寄せながらすぐさま答える。

「寝ぼけ半分で応答し、またすぐに寝たので、起きたときはっきり思い出せなかった。ひょっとして夢か勘違いかもという気持ちもあったので、いえなかったといっています」

「だからって相馬が偽証することはないだろう」と今度は生田が疑問を呈した。

証言の裏取りのため、相馬に会いに行ったという刑事が手を上げる。

デリヘル嬢のことを告げると、相馬が観念した顔で頭を下げたらしい。

「刀根が殺されたと知った圭以子から相談を受けたので、もし警察からアリバイを訊かれ、それが自宅にいるときの時間だった場合、自分と一緒にいたといえばいいと勧めたそうです。不安そうにしている恋人を安心させたかったといっています」

「恋人ねぇ。ともかく相馬が偽証を認めたってことだな」

「はい」

それを受けて、圭以子もようやく認めた。

玲は立ち上がって、会議に出ている捜査員の顔を見回した。

「今の時点では、インターホンで応答したのが圭以子かどうか確認できません。けれど、デリヘルを頼んだ男、及び証言したデリヘル嬢と圭以子に接点が見つからない以上、本人であった可能性は高いでしょう。まさか娘の江里菜が中年女の声真似をしたとは思えないし。圭以子の自宅から現場までは車なら二十分程度。徒歩だと一時間はかかる。車は持っていないので四時前後に自宅にいたなら、死亡推定時刻の五時までに現場に着くのは難しい。始発の電車もまだない時間です。その点も踏まえてタクシーやバイク、自転車での移動がなかったかを今一度、確認してください」

玲がいい終わると、全員が返事をして散ってゆく。圭以子の聴取も再び始める。商材詐欺やマルチ商法については概ね認めており、間もなく正式に逮捕し、送検手続きに入る予定だ。そうなれば、勾留しながら殺人についての尋問もじっくりできる。

「とはいえ、殺人の線は薄いなあ」

生田が椅子に背をもたせながら吐息を吐くようにいう。玲も頷くしかない。タクシーやバイク、自転車での移動については、とっくに調べ尽くしている。手がかりがなく、最初は徒歩で防犯カメラをかい潜って現場に行ったのではと考えた。だが、四時前後に自宅にいたとなれば徒歩はない。

翌日、詐欺について丸尾圭以子は逮捕、送検されることが決まった。その後、詳細を聞いた検事から、刀根佑次殺害に関しては物証が出ない限りは無理だからと念を押された。デリヘル嬢の証言がある限り、殺害の動機があって偽証を頼んだというだけで訴追はできないといいきる。

生田が頭を抱え、玲が思案に暮れていると、熊川が、檀と組む相手を交替させたいと申し入れをしてきた。体調を崩しているので少し休ませるそうだ。生田と顔を見合わせたあと、玲は「すみません」とつい頭を下げた。

熊川がにこっと笑って手を振る。「いや、こっちが弛んでいるんだよ。本部一課の仕事がどれほどのものか、うちの刑事らにもよくわかったんじゃないかな。いい勉強をさせてもらったよ。誰より年長の國枝さんが、遠出してまで調べ回っているのに、若いのが体調崩すなんて面目ない」

玲が、いいえ、といって苦笑いする。

今、國枝は宮崎県日南市に出向いており、永塚瑛子について調べている。一人で動き回るのが好きな國枝にもってこいの仕事だと玲が独断で決めた。

玲と紫藤が新潟から持ち帰った事実に、いっとき捜査本部は沸いた。もしかすると、これは遺産相続にからんだ計画殺人ではないかとの意見すら出た。ただ、相続人が永塚一人で、六十近い女性だと知ると、みな一様に思案顔をした。もちろん、圭以子に疑いを向けたくらいなのだから、中年女性でも充分あり得る。所轄の手を借り、永塚と思われる女性が宮崎を離れ、新貝市にやってきていないか調べてもらった。結果は今のところシロだ。飛行機が一番早いが事件前後の搭乗者名簿に名前はない。あとは現地で國枝がくまなく調べ尽くすだろう。

「國枝さんの根性と粘り強さ、檀さんのバイタリティは見習うものがある。ひと昔の刑事はみなあんなだった、だからお前らも頑張れとはいえないのが、ちょっと辛いけどね」

熊川が薄く笑う。昨今は、警察も働き方改革で、勤務時間や環境に留意しなくてはいけない。

「そんなことを思い悩むのも、そろそろ終わる」と呟く熊川の顔を見て、退職することに安堵の気持ちもあるのかと玲は思う。刑事という仕事柄、体力、気力に加えて筋を読み、勘を働かせ、リスクを回避する力が求められる。部下や後輩を厳しく指導、叱咤することに色々、問題があるとされる現状で、どうやって後継を育てればいいのか。管理職なら誰もが煩悶《はんもん》するところだ。熊川とてあれこれ試して努力もしただろうが、難しいという結論を得て退職の日を待っているという様子が窺えた。

「だけどね、どんな時代になっても刑事の仕事が重労働だということは変わらないよ。人命を守るために悪と対峙するんだから、当たり前なんだけどね」

＊

そろそろ会議を始めようかというとき、國枝が部屋の入口に姿を現した。

九州に出張させて二日になろうとしていたが、そのあいだ、玲の方から問い合わせをしないとまともな報告ひとつ寄越さなかった。腹立たしさを通り越して諦めかけていたところに突然の帰還だ。戻ってくることさえ聞いていない。せめてＬＩＮＥでもいいから入れろといいかけて、玲は口を閉じる。

頭を下げながら雛壇に近づいてくる國枝の顔に珍しく表情があった。なるほど、と玲は思う。報告しなかったのは、なにか大きなものを引き当てたからなのだ。仕方がないな、と呆れる気持ちを呑み込んで待ち受ける。そんな國枝に気づいたらしく、檀もテーブルのあいだを抜けてやってくる姿を目で追う。生田も熊川さえも、黙ったまま動かない。

前の席に座る紫藤と小向井だけが、國枝主任、戻られたんですか、と暢気《のんき》に声をかける。國枝は返事をせず、真っすぐ玲の前に立った。

「出ましたか」

玲が低い声で尋ねると國枝がゆっくり頷く。

「ようやく姿が見えてきました」


國枝は、永塚瑛子の身辺を尋ねて回った。

日南市の北部にある県営住宅の一室に一人で住んでいる永塚は、近くのスーパーに勤めている。二年前に離婚したあとも夫の姓を名乗っているが、別れるとき相当揉めたようだ。原因は瑛子の酒癖の悪さ。昔から酒が好きで、そのことで仕事も失い、家族も失ったのに今もまだ止められないらしい。

近所で聞き込みをすると、みな揃って関わりたくないという顔をした。酔って住宅の敷地内で暴れ、警察が出動することも何度かあった。

「子どもはいないの？」

玲が問うと國枝は、「息子が一人います。ですが大学生のとき家を出て、それきり日南市には戻っていないようです」と答える。紫藤が黙って玲を見る。ここにも、血を分けた人間と生き別れをしている者がいると感じたのだろう。玲も、冷たい空気に包まれた山間の景色を思い出す。なに不自由のない暮らしをしていても、広い屋敷には空気と一体化したような冷ややかな寂しさが漂っていた。多くの他人にかしずかれながら昏々《こんこん》と眠る老人と、その老人の血縁である瑛子が酒に溺れ、現実から逃げている姿が重なる。手元に視線を落とし、國枝が盗み撮りした写真を見た。

瑛子は五十六歳だが、六十、いや七十といってもいいほど老けて見えた。髪はほとんど白く、のっぺりした顔には細かな皺が縦横に走っている。普段からこうなのか、睨みつけるような目をして商店街を歩く一枚がある。何枚か捲って、大きな口を開けて笑っている顔を見つける。飲み屋なのだろう、ジョッキを掲げて近くの誰かに向けて笑いかけていた。目が細くなって猫が眠ったような顔になる。

それが玲の記憶のどこかを貫いた。頭のなかで化学反応を起こし、幸松弁護士の言葉が蘇《よみがえ》る。

『――で、妹さんの方ですが苗字が変わって、今は……こっちの方だな』

こっちの方？　そのときは感じなかったが違和感が沸き上がる。玲は國枝を見つめて訊いた。

「永塚瑛子さんが離婚したのは、これが初めてですか」

國枝がにやりと笑う。

「いいえ。永塚瑛子は二度結婚し、二度離婚しています」

「じゃあ、息子というのは」

「はい、永塚の前、最初に結婚した夫とのあいだにできた子どもです」

「最初の夫」

「はい。で、そのころ住んでいた町まで行って訊いてきましたよ」

「さすがは國枝さん」紫藤と小向井が揃えたようにいう。熊川も腕を組みながら何度も頷く。

「夫と別れたあと、瑛子と子どもは二人でつましく暮らしていたようですが、あまり楽ではなかった。小学生だった息子は、酒を飲むと人が変わる母親に手を焼きながらも、中・高とアルバイトをして生活を助けていたそうです。実の父親は離婚したのち、別の女と行方をくらまし、生活費はおろか養育費など一円も払っていなかったとか。そんな厳しい暮らしのなかでも、息子は自身の将来のための努力は怠らなかったそうです」

近所の人や当時の高校時代の教師が、家に帰らず学校や図書館で遅くまで勉強している姿を目撃していた。そして息子は県外の大学に合格すると、あっさり母親を捨てた。ありったけの金を持って、二度と戻らないつもりで故郷をあとにしたのだ。

「それきり誰も姿を見ていないそうです」

國枝は、永塚瑛子と直接顔を合わせて話を聞いた。

「昼間から酒をくらっていましたよ。あの分じゃ、いずれスーパーの仕事も失うでしょうね。刀根家や伯父のことを訊きましたが、記憶にない、名前に聞き覚えもないといいました。まんざら、嘘をいっているようには見えませんでしたね。もし、刀根久登巳という金持ちの親戚がいるとわかれば、瑛子はなりふり構わずたかっていたのじゃないでしょうか」

瑛子の実家には死んだ兄の家族がいるが、とっくに縁を切られ、出入りすることさえ禁じられていた。頼る人間は一人もいなかったのだ。

「酒のせいか、ひょっとすると質の悪い病気にでも罹っているのかもしれません。見るからにしんどそうでね。あれでは、殺人どころか、ここまでやってくるのだって難しいでしょう」と、國枝は付け足した。

「わかりました。それで國枝さん、永塚瑛子の最初の夫のことを教えてもらえますか。苗字はなんですか？」

玲が急くように問うと、國枝は瑛子の戸籍謄本を差し出した。九州に行く前、あらゆることを想定し、國枝には捜査に必要な書類を持たせていた。公用請求の書類が役に立ったらしい。戸籍の、ある箇所を指差す。

紫藤が一番大きな声で、えっ、と叫び、周囲からもいっせいに唸る声が沸き上がる。

玲は熊川にいって、すぐに外回りに出ている全捜査員を招集してもらう。立ち上がって部屋にいる刑事達に声をかけた。

「すぐに捜査会議を始めます」

玲の緊張した声になにかを察したらしく、捜査員らはみな口を引き結び、目を瞬かせ、ネクタイを締め直して席に着く。そんな様子を見回したところに声がかかった。

目をやると檀が思い詰めたような表情をしている。

「班長、気になるのでちょっと見てきます」

返事をする前に、檀が身を翻《ひるがえ》した。

「紫藤さん、一緒に行って」

玲が叫ぶと、紫藤は勢いのついたゴムのように飛び出し、それを見た熊川も怒鳴る。

「お前も行けっ」

檀の相方の刑事が大きく頷いたあと駆け出した。

＊

　倫華は、江里菜が他県にいる親戚の家に預けられると聞かされて、寂しさを呑み込んでいた。新潟に行っていたあいだに決まったことらしく、江里菜からはＬＩＮＥで、学校は休むけど最後に会いたいとあった。倫華の手には江里菜へのお土産があり、学校が終わったらすぐに訪ねるつもりだ。江里菜も待っていると返事してくれていた。

　ホームルームが終わって一番に教室を出ると、後ろから呼び止められた。

「檀、ちょっといいか」

「はい」

　倫華はリュック越しに振り返って副担を見る。

「丸尾の家に行くのなら、持って行って欲しいものがあるんだが」

「江里菜にですか」

「そうだ。一緒にきてくれ」

　そういって先に歩き出す。倫華は、ちょっと遅れて距離を取りながら廊下を進んだ。預かったものをすぐになかに入れられるよう、リュックを前に抱え直す。マホリンのキーホルダーが大きく揺れた。

来週、コットンドールズのライブがある。ママにお願いして江里菜を誘ってみようかと思っている。パパはどうせ仕事で忙しいから、内緒で行けば大丈夫だろう。キーホルダーを見ながら、推し活をしている女性を思い出した。刑事さんなのになんかおかしい。友達は、倫華のパパが刑事だというと、怖いんでしょ、という。同じ刑事なのに宝尾さんはパパと違ってちっとも刑事っぽくない。本当に刑事さんなのかと疑いたくなるけど、倫華が学校をサボって新潟に行ったことをパパは叱らなかった。ひょっとしたら、宝尾さんのお蔭なのだろうか。今度訊いてみよう、と思ったとき前から声がした。

「檀、なんか楽しそうだな。新潟、楽しかったか?」

「え?」

「お父さんからあとで連絡をもらったよ。私用で休ませますとのことだったけど、まさか新潟に行っていたとは思わなかったな」

「先生、どうして知っているんですか」担任の先生にも訊かれなかったのに。

「ははは。だって、教室でお喋りしていただろう? そのとき、友達にトキのキャラクターハンカチだかタオルだかをあげてたじゃないか」

「あ、はい」

江里菜にも同じものを買っている。白くて丸い顔に赤い目をしたキャラクターだ。可愛いので、サービスエリアに入ったときにたくさん買ってしまった。紫藤さんが、『これなに？　雪ん子？　あ、雷鳥か』ってトンチンカンなことをいっていたのを思い出して笑いかける。ふと気づいて、「先生」といった。

相馬は振り返って、うん？　という顔をする。

「先生はトッキって、すぐにわかったんだ。雪ん子みたいっていう人もいたのに」

「ああ」といって相馬は目を細めて笑う。そういう顔をすると眠った猫のような顔になり、クラスの子はみんな可愛いというが、倫華はあまり好きではない。

江里菜から、相馬が江里菜のママと親しいと聞いてから余計にそう思うようになった。人のことをよく知らないで好きとか嫌いとか簡単に決めるものじゃないと、パパはいうけど、よく知らないから嫌になるんだよね。

職員室まであと少しのところで右に曲がり、裏庭への扉を押し開けた。

「先生、職員室じゃないんですか？」

「うん。実は花の鉢なんだ。丸尾が親戚の家で寂しがらないように、良さそうなのを見つけて植え替えておいた。小さいからそのリュックに入るし、頼むよ」

「お花ですか。わかりました」

相馬は時どき、こういう優しさを見せる。そこが児童に人気のあるところで、悪い人ではないのだと倫華も思う、けど。

倫華は、裏庭に出て隅にある温室に目を向けた。日陰になるので温室にしないと花が育たないらしい。校舎のあちこちから児童の声が聞こえるが、温室の周辺には誰もいなかった。裏庭だし、お花担当の係の人しか近づくことがない。

歩きながら相馬が尋ねる。

「新潟にはなにしに行ったんだ？　あっちに知り合い、いたっけか」

ううん、と倫華は首を振る。

「学校休んで行ったんだ。教えてくれてもいいだろう？」

「えー、あんまり話さないようにっていわれたから」

「誰に？」

「刑事さん」

「刑事……？　お前、刑事と一緒に新潟に行ったのか？」

倫華は頷いたつもりはなかったが、相馬が目を剝くのを見て体が揺れた。

「どこに行ったんだ？　誰かに会ったのか」相馬の口調が変わる。

「え」

　そこにきて倫華は、相馬がその話をしたくて声をかけたのだと気づいた。改めて、今いる場所が寂しい場所であることに思い至る。目の前にいる相馬の顔がなんだかいつもと違う。どうしてそんなこと訊くの。そう口に出していえなくて、倫華はちょっとあとずさる。相馬の目がいっそう開いて、一歩近づく。全然、猫のようじゃない。

「先生、どうして」

「なんだ？」

「どうして先生は、トッキッキを知っているんですか。先生、お家は九州だっていってませんでしたか」

「ああ、そんなこといったっけか。ちぇ、よく覚えているなぁ。九州出身でも新潟のことはな、よーく知っているんだよ」

　また一歩近づいてくる。倫華はリュックを前に抱えたまま、じょじょに下がる。なんだか嫌だ。お花はまたにして帰ろう。そう決めた倫華の方に、相馬が手を伸ばしてくる。突然、大きな声がした。

「相馬亮樹っ、動くなっ」

倫華の心臓が跳ね上がって体が固まる。女の人の声？　相馬もびっくりしたらしく、その場で声のした方をさっと振り返った。ふいに倫華の前になにか大きな影のようなものが被さってきて、全身を包み込んだ。ふわりと体が持ち上がる感じがして、匂いがした。知っている匂い。そして頰にざらざら当たるのは、背広の生地の肌触りだと気づいた。

「パパっ」

倫華は檀に抱き上げられたまま、瞬時に相馬から離れた場所へと移動していた。校舎へ入る扉の前で下ろされ、なかに入っているようにいわれる。倫華は大人しく頷いて扉を開け、そして一旦閉めて、それからまた少し開けて外を覗き見た。檀の背がすぐ前にあった。

「なんですか、刑事さん」

「相馬、なにをしようとしていたの」

温室の側で紫藤が怖い顔をして立っている。隣には、大きな体をした若い男の人がいて、同じように怖い目で相馬を睨みつけていた。

「なにって、丸尾江里菜に花を持って行ってもらおうとお願いしていただけですよ」

「花？　まあ、いい。とにかく訊きたいことがあるから、このまま署にきてもらう」

「なんですか。もう圭以子のことは全て話しましたよ。俺になにを話せっていうんですか」

「まずはアリバイについてだな」

檀がいい、相馬は振り返って睨みつける。檀の体が邪魔になって倫華からはよく見えないが、きっと相馬は嫌な顔をしているのだろうと思った。

「アリバイ？」

「刀根佑次が殺害された時刻にどこにいたのか。圭以子と一緒にいたというアリバイがなくなった以上、あんたにはアリバイがないことになる」

「そんなの、寝ていたに決まっているじゃないですか」

「そうか。なら、午前三時から五時のあいだ外で姿が捉えられていたら、いい逃れはできないな」

相馬が黙り込む。

「あなたには動機がある」紫藤が追い打ちをかける。

「相馬亮樹、あなたは永塚瑛子の一人息子。刀根久登巳の姪である瑛子は、刀根家の遺産の相続人になる可能性があった。もし母親が莫大な遺産を相続したあとで、その母親が死んだら、若しくは殺されたら、遺産はそのままあなたのものになる。但し、直系の孫である刀根佑次が久登巳より先に消えてしまうことが大前提。だから佑次の住むこの新貝市にくるため、わざわざ信徳学院の副担に応募した。あなたはずっと、数年前から、刀根佑次を殺害しようと企んでいた。違う？」

いきなり大きな音がした。

相馬が近くにあった青いゴミバケツを持ち上げ、投げつけたのだ。それを合図にしたかのように、若い刑事が飛びかかる。

いてて、と相馬の声がした。

「ひとまず公務執行妨害の容疑で連行する」

檀がそういい、ゆっくり振り返った。ドアの隙間から覗き見していた倫華を見て、「怖くなかったか」といって微笑んだ。泣きたくなりそうな気持ちを堪えて、倫華は無理に笑う。変な笑顔になっていないかと気になったけど、仕方なかった。

＊

犯行時刻である午前三時から五時までのあいだで相馬の自宅マンション付近を集中して調べた結果、午前四時過ぎ、車で移動している姿が、防犯カメラに捉えられていた。更には刀根のアパート近くの路上を歩く男の姿が見つかったが、顔を隠していたので特定は難しかった。だが、範囲を広げて探すと離れたところの有料パーキングに相馬の車が停められ、出入庫する際の映像を手に入れることができた。それらをもって一課と所轄刑事が問い詰めると、相馬は観念し、刀根殺害を自供した。

相馬は刀根家のこと、母親に相続する権利がある可能性を知った直後から刀根を殺害する計画を立て始めたのだ。それが相当以前からなされていたものであるのが、供述で明らかとなった。

刀根が新貝市に移転したと知ると、相馬も同じ町に住み、信徳学院に就職した。やがて偶然を装い、自分が刀根の親戚であることを知らしめ、顔見知りとなって機会を待った。その間、刀根家や久登巳の容態などを調べるため、新潟に何度も行っていたことも裏取りの捜査で判明した。

事件の日、相馬は出勤の途中、どうしてもトイレに行きたくなったといって刀根の部屋に上がり込んだ。早い時間ではあったが、学校の当番なのだといったそうだ。アパートの先に信徳学院小学校があり、相馬がそこの教師であることは知っていたから、それほど不審に思わなかったのだろう。寝ぼけ半分の刀根が背中を向けた途端、相馬は持ってきた金づちで殴りつけた。

「自分の児童の保護者に圭以子のようなタイプがいたことで、利用できると思ったんですね。圭以子を誘惑して取り込み、刀根をカモにするよう唆すなんて、よく考えついたもんです」

紫藤がパソコンで押収品目録を作りながら呟く。

「刀根を殺害するにしても、刀根家の財産が関係すると思われたら相馬が疑われる。だから、圭以子を犯人に仕立てることで、動機が詐欺によるものと思わせる必要があった」

檀がいうと、小向井も納得するように続ける。

「アリバイを持ちかけたのもそのためですね。偽証することで圭以子の疑惑を強められる」

相馬の母親、永塚瑛子と直接会った國枝は、しみじみとした口調で付け足した。

「刀根が自身の出自についてよく知らなかったのが運の尽きってことだ。久登巳の容態からして、殺すなら今がチャンスと相馬も思ったんだろうなぁ」

刀根家、永塚家が、それぞれ親子の繋がりを密に維持していたなら、そして親類付き合いをしていたなら、こんなことは起きなかったのかもしれない。今となっては、わからないことだが。

生田が、疲れたという風に首の後ろを撫でながらいう。

「刀根を調べていくうち、遺産を相続するにふさわしい人間でないとわかった。それで殺害を決意したとかいっている。まるで自分のしたことが理にかなっているかのように堂々というのが、なんとも気色《きしょく》が悪かったな」

その言葉に全員が頷いた。

「ま、なんにせよ、檀の娘さんになにもなくて良かった。うっかり新潟に連れて行ったことが、相馬に余計な疑心を抱かせてしまったんだから。なあ、宝尾」

名を呼ばれた玲は、はっと顔を向け、すぐに申し訳なさそう表情を浮かべた。

「管理官のおっしゃる通りです。わたしの軽率な行いであやうく倫華ちゃんを危険な目に遭わせるところでした。檀さんにも倫華ちゃんにもお詫びします」

「いや、今回のことは娘に責がある。小学生とはいえ、やっていいことと悪いことの判断はつく年齢でもあるのに、勝手な真似をしてみなさんに迷惑をおかけした。わたしこそお詫びしなくてはならない」と檀が慌てて頭を下げる。

「まあ、いいさ。あんまり叱らないでやってよ。娘さんのお蔭で、相馬を引っぱれたことでもあるんだから」

生田の言葉に付け足すように、玲はにこにこと笑顔で、「そうです。あまり叱らないであげて。彼女は本当にいい子だから」といった。

紫藤が妙な視線を向けているのに気づいて、玲は笑顔を引っ込める。そして膝に乗せているバッグの上に置いていた手を、慌てて机の上に戻した。バッグのなかには、宇都宮蒼のフィギュアが入っているのだ。そのことを知るのは紫藤だけ。玲は、コホンと咳をひとつして、「さあ、送検まであと少し。調書、証拠、証言、漏れなく揃えるわよ」と発破をかける。

口元が弛みそうになるのを堪えながらテーブルの下に手を入れて、玲はまたバッグを撫でる。

紫藤が書類を持って見せにくる。そして振り返って檀を見、また玲に目を向けた。

「なに？」

「それですけど」といって玲のバッグを目で示す。「倫華ちゃんが、なんとしてでも手に入れようとしたのは、どうやらパパのためらしいですよ」

「そうなの？」

家に送る途中、色々訊いたらしい。

「班長が檀さんの上司と知って、父親の立場が少しでも良くなるようにと考えたそうです。ま、心づけというか賄賂みたいなもんですね」

玲は、身も蓋もないいい方をする紫藤を睨み、若い所轄刑事の肩を叩いて労っているらしい檀の背中を見た。子どもは子どもなりに親を思っているということかと、玲は得心する。そして倫華との約束を思い出し、息を吐いた。

さて、推し活がどれほど有意義なことなのか、あの男にどうやってわからせよう。そんな難問に目を細めていると、紫藤から、「班長、早く確認お願いします」と催促された。

第三話　きよしまアリーナの鷲

県警本部から徒歩十分のところに、きよしまアリーナという施設がある。間もなくそこで、世界のトップスケーターの一人である宇都宮蒼が出演するアイスショーが行われる。

今年に入って蒼は、スポーツ用品で有名なアンバートという企業とスポンサー契約を結んだ。フィギュアスケーターの活動には色々と費用がかかる。練習のためのリンクを確保するだけでも大変で、海外に拠点を置く選手も少なくない。それゆえスポンサーの存在は重要で、有名な選手だといくつもの企業と契約し、支援を受けている。その代わりといってはなんだが、今回のようにスポンサー企業が主催するイベントに参加して欲しいといわれることもある。

七月二十一日の月曜日、海の日の祝日に〝夏休み・子どものためのフローズンパーティ〟と銘打ったショーが実施されることになった。そこに蒼がゲスト滑走をすることが、直前になって決まったのだ。

蒼の推し活をする宝尾玲は、子どものためのイベントということもあって、本気でチケットを取りにいかなかった。往年の有名なスケーターが出るからか、発売後、数日で完売となったらしいが、さして残念にも思わなかった。だが、蒼の追加出演がネットで告知されて以後、玲はチケットのリセールがないか、ネットオークションに出ていないか血眼《ちまなこ》になって画面をクリックし続けることになった。

アンバート社の社長はこの県の出身で、地元の文化事業の貢献者としても知られている。数年前には名誉県民として賞された。社長の娘さんが幼くして病で亡くなっていたこともあってか、ボランティア活動にも熱心だ。今回も、収益金は子どものための医療施設に寄付されることになっている。

今年は蒼とスポンサー契約を結んだことから、アイススケートのイベントが実現したらしい。チャリティイベントであれば、蒼は一も二もなく承知しただろう。そうなることをある程度、予測しておくべきだった。玲は歯噛みしながら、自身の詰めの甘さを詰った。

フィギュアスケーターにとって七月はある意味、時間的にゆっくりできるときではある。その分、一流選手は海外に行って練習に励むのだが、蒼はこのイベントのため急遽、帰国を決めたようだ。友情出演という形でメインストーリーには参加せず、前回のグランプリシリーズで滑ったSPをするとの話だった。何度も見ているSPだし、たった三分なのだが、イベントということで、今回限りの特別な衣装を着て滑るという。玲は、なにがなんでも行きたいと願った。だが、チケットは一枚も手に入らなかった。

＊

「班長、チケット、あるんですけど」

七月十八日金曜日の朝、紫藤がいきなり口にした。紫藤亜月は県警本部捜査一課に配属されてまだ一年ちょっとだが、やる気と行動力はベテランに劣らない。玲も、玲が班長を務める宝尾班のメンバーの誰もが認め、将来を期待している女性刑事だ。ただ、二十七歳の、本部では一番末端といえる巡査長が、上司であれ先輩であれ、思ったことを口にし、意見をしっかり述べるところに少々の難がある。意見だけならまだいいが、時どき、平気で辛辣なことをいったり、欠点やしくじりを容赦せず追及したりする。なんでも加減がある、忖度《そんたく》も必要だと、ことあるごとに指摘し、諄々《じゅんじゅん》といい聞かせてはいるのだが、改善されているようには見えない。とはいえ、本人も多少の自覚があるらしく、本来ならメンバーとペアを組んで仕事をすべきところ、いまだに玲の運転手兼連絡係に甘んじている。

そんな紫藤を始め、他にもくせのある班員をまとめ、仕切る役割を担う玲は三十九歳の警部。班長でありながら事件が起きれば、班員に負けず劣らず動き回るところがあって、紫藤はそれで玲の側にいる方がいいと考えたのかもしれない。

玲の上司は、管理官の生田祐二警視だ。生田はそんな落ち着かない玲の班長振りに呆れつつも広い心で見守り、かつ面白がっていた。玲が、宇都宮蒼の推しをしていることを知るのは、その生田と紫藤の二人だけ。生田は、玲が事件解決に奔走しているのは蒼の推し活をしたいがため、と思い込んでいる節がある。それが結果的には生田の手柄にもなるわけだから、内心ではほくそ笑んでいるのだろう。玲にしてみれば、私情で事件の捜査を左右するなどあり得ないのだが。

「え。なんて？」

お昼休みで、他の班員はみな昼食を摂りに出ていた。離れた席には、別班の刑事がイヤホンで音楽を聴きながら弁当を食べている背中だけがある。紫藤が班長席の前に立って、もう一度いう。

「チケットです。もうお持ちですよね。今度の海の日のイベントの」

そういって細長い紙を摘まんだまま上下に揺らしている。玲の喉がごくんと鳴った。

「イギリスの大学に通っている弟が、アンバート社の現地法人の人と知り合ってもらったんです。でも、弟はいつ戻れるかわからないので、そっちで使ってと送ってくれたんですけど、班長はもう、持ってますよね」と引っ込めかけたその腕を、玲は自分でも気づかぬうちに両手で摑んでいた。紫藤が、いたた、痛いです班長、という。

そんなときに限って生田が部屋に現れ、さっそく面白そうだと玲と紫藤の側へと走り寄ってきた。

先月末に起きた看護師刺殺事件が無事解決し、送検を終えたところで、捜査一課もゆったりしているときだった。夏季休暇を順々に取ろうかと考えていた矢先で、管理官にしてみれば手持無沙汰だったのだろう。すぐさま、紫藤の手からチケットを取り上げたのだが、たちまち詰まらなさそうな顔をする。

紫藤が取り返し、玲がそのチケットに手を伸ばして引っ張る。

「買うわ。今回のチケット取り損ねていたのよ」そういって財布を出そうとすると、紫藤がいいと遠慮する。そうはいかない。玲がお金を押しつけると、「チケット、まだ二枚あるんですけど」という。別の日のものなら欲しいけれど、これは二十一日の午後一回のみの公演だ。玲は仕方なく、「じゃあ、一緒に行く？」と誘った。紫藤がもう一枚を握って、生田を見る。玲はぎょっとして、お忙しいんだから駄目よといいかけるが、間に合わなかった。

生田は目を瞬いたが、すぐに笑顔になって、「そこは涼しいんだろ？」といった。

＊

きよしまアリーナでのアイスショーは、氷のイベントとは思えない熱気のなかで始まった。

童話をアレンジしたストーリーなのだが、衣装も音楽も華やかだ。美しいライティングのなかでのスケートパフォーマンスは、大会とは違う面白さに満ち、子どもだけでなく大人達も十二分に堪能した。着ぐるみやユニークな扮装をした往年の選手やプロに転向したばかりのスケーターの滑りに、観客はペンライトや団扇《うちわ》を振って惜しみない拍手を送り続けた。

感動と興奮のなか、ショーはやがてクライマックスを迎える。

ライトが消され、リンクや観客席は暗闇に包まれた。やがて規則的な音がどこからともなく聞こえ、次第に大きくなってゆく。雨の雫《しずく》の音らしい。そして昨年のグランプリシリーズのSPで使われたショパンの「雨だれ」が流れ始める。気配を感じて目を凝らすと、いつの間にか中央に人影があり、纏っている黒い覆いが取り外されると、体のラインに沿ってつけられた蛍光テープによって均整の取れた人型が浮かび上がった。頭上からスポットライトが落ちてきて、宇都宮蒼を捉える。銀色の光沢のあるコスチュームだ。しかも髪から肌、シューズの先に至るまで全身にラメがまぶすようにつけられ、ライトを浴びて宝石のように煌めく。雨の精がモチーフなのだ。割れんばかりの拍手が会場内に鳴り響く。

玲は、高ぶる気持ちを抑えきれず、思わず、「蒼ーっ」と叫んでいた。はっと意識を戻すと、隣の席に座る紫藤とその向こうの生田が唖然として玲を見ている。

試合とは違って、薄闇に覆われたリンクにただ一つの光が蒼を照らす。なめらかな滑りからじょじょにスピードが増し、反転して両手を伸ばすと、ジャンプの体勢に入った。最初に四回転ルッツ。エッジが氷を掻く音が間近に聞こえる。リンクにこなければ耳にできない生の音だ。両手を翼のように広げて着氷。これほど美しく完璧な四回転ジャンプを跳べる人がいるだろうか。ジャンプそのものの美しさだけでなく、その高さ、滞空時間の長さ、着地のあとのスムーズな流れ、世界のトップであるのが誰の目にも明らかだ。万雷の拍手のなか、トリプルアクセル、ステップシークエンスを終え、後半、四回転トゥループと三回転の連続ジャンプ。パーフェクトだ。そして華麗なコンビネーションスピンで魅了し、決めポーズを取って終わる――。筈だが、蒼はそのまま止まらずに滑り出した。曲もあとを追うように続く。蒼は手を振り、笑顔を向けながら南北に長い長方形のリンクの手すり際を滑走する。特別サービスなのだ。試合会場なら、曲の終わりと共に観客席から花束や人形などが投げ入れられるが、ショーでは禁じられている。その代わりに、蒼自身がプレゼントとなって観客に微笑みを投げ入れてくれたのだ。

玲は、溢れ出そうになる涙を堪えつつ、両手を懸命に振った。隣に誰がいようと関係ない。今、宇都宮蒼は、宝尾玲のために微笑み、そして手を振ってくれているのだから。

蒼の特別滑走が終わり、エンディングに入る。出演者が全員揃ってリンクで演技をし、別れの挨拶をするのだ。

虹色のライトが降り注ぎ、波のように揺れる。アップテンポの曲が流れ、出演者らが滑り出てくるのを観客は手拍子を打って待つが、なかなか出てこない。準備に手間取っているのだろうが、こういうショーに慣れない生田や紫藤は、手を叩くのをやめてぼんやりリンクを眺めていた。痺《しび》れを切らした生田が、もう行くか、というのを聞こえない振りする。だが、いっこうに姿を現さない。さすがの玲もちょっと疲れ、会場の拍手もじょじょに鳴り止み始めたころ、観客席の灯《あか》りが点《とも》り、同時にリンク上のライトが消えた。

ざわめき出したところに、場内アナウンスが入る。

「誠に申し訳ありません。諸事情により、本公演はこれで終了とさせていただきます。長らくのご観覧、ありがとうございました。お客様には順序良く、慌てずゆっくりと出口よりお帰りくださいませ。本日はご来場、誠にありがとうございました」

子どもらの残念そうな声と保護者の嘆く声があちこちから湧き出す。隣を見ると紫藤と生田も首を傾げていた。

「こういうのよくあるんですか?」

そういった紫藤に玲は、ゆっくり首を左右に振って見せる。

名残惜しそうに会場に留まっていた観客が諦めて立ち上がり、ぞろぞろと出入口へと向かう。相当な人数なので、簡単にははけない。

玲は立ち上がると、観客の波に逆らってリンクの近くへ下りて行った。紫藤がついてくる。振り返ると、生田が仕方ないなぁという風に腰を上げるのが見えた。

リンク際に沿って東側の長い辺を歩き、北側の短い辺へと向かう。北側の裏手が関係者エリアになっていて、演者はそこからリンクに出ることになっていた。

「これなんですか」

長辺部分を歩きながら紫藤が肩ほどの高さの板囲いを見、爪先立ちして上から覗き見る。

リンクに沿って板の壁が巡らされていた。段差を利用して、観覧席から視界に入らないで移動するための演者用の通路だ。

「なるほど。これでリンクのあちこちの角から突然、現れる仕掛けですか」

リンクは胸の高さの手すりで囲まれているから、少し屈んで移動すれば反対側からでも見られずにすむだろう。離れたリンク角から突然、演者が現れることでトリッキーな効果を狙って作られたものだ。

やがて関係者エリアと観客席を仕切る壁に突き当たり、その向こうを窺う。簡易で作ったものだから、話し声や人の動きが感じられる。慌ただしい気配があった。

「誰か倒れたんでしょうか」

紫藤が壁を見ながらいう。玲は黙って頷き、よもや蒼ではないだろうなと祈りながら、右手の通路の先のドアを目指した。少し離れたところから、生田が声をかける。

「おーい、どうすんだ？　中止の理由を訊いたってしようがないだろう」

ドアを潜ると廊下になっていて、左手の先に関係者用出入口が見えた。近づくと、同じような黒い半袖Tシャツに黒いジャージパンツを穿《は》いたスタッフらしい人がばたばたと駆け回っている。誰も、玲に目を向けようとしない。その顔に気妙な様子が見て取れて、玲は足早に駆け寄った。

紫藤も気づいたらしく、側にくるなり、「なんか変ですね」という。

奥から、密《ひそ》やかながらもいい合う声が聞こえる。「気分の悪いやつはいるか」「誰も入るな」「別の部屋に移って」「着替えてもいいだろう」そして、「警察は呼んだのか。まだなのか」という声を聞くに至って、玲は紫藤と顔を見合わせ駆け込んだ。

今回のため特別に設置した関係者出入口は、簡易で作ったものながらゲート風になっていて、係員が常駐しているらしい。気もそぞろだったせいか、玲らが走り抜けるのをうっかり許してしまったが、すぐに気づいて慌てて呼び止める。

「駄目です、なかには入れませんから。ちょっと、あー駄目だって」

色んなイベントで使われることの多いきよしまアリーナだ。所轄にいたころ、玲も大きな興行の際に交通整理や警備要員として出張ったことがある。アリーナの構造や施設内の設備についてはだいたい頭に入っていた。

スタッフが追いついてきて、すがりつくようにして戻ってくれという。見るとまだ二十代くらいの女性で、黒のスタッフジャンパーに鳴尾《なるお》というネームストラップを垂らしていた。仕事熱心なのはいいことだが、こちらも怯《ひる》んではいられない。

入ってすぐの場所には荷物や着ぐるみのような衣装、小道具類が雑多に置かれ、隠すように黒い布を被せ、周囲をパーティションで仕切っている。中央にある通路を進む。少し先で右に曲がると控室や準備室、作業室などが並ぶエリアだ。曲がらずに突っ切ると、リンクの際に出て、登場する人が待機する場所になるのだろう。

大勢の人間が右手の通路で蠢《うごめ》いていた。玲はそのなかに飛び込み、「どうしたんですか。なにがありました」と叫んだ。恰幅《かっぷく》のいい年配の男性が振り返って目を剝く。

「あんた誰だ。おい、一般人はなかに入れるなといっただろう。そこの、えっと派遣の君、なにをしていた。なんでなかに入れた」と鳴尾というスタッフを怒鳴りつける。

鳴尾は息を弾ませ、頭を下げながら謝る。そして玲の腕を取ろうとするが、その前に紫藤がきつい口調で、「警察です」といった。鳴尾だけでなく、周囲にいたスタッフも年配の男性も一瞬言葉を失い、目を見開いたまま戸惑う表情を浮かばせる。

そこに生田がやってきて大きな声でいう。

「間違いなく警察だから。ほら。県警本部刑事部捜査一課の生田だ」

そういって警察手帳を高々と翳《かざ》した。

なぜ手帳を持っているのか、玲は眉根を寄せて生田の顔を見る。通常、仕事を終えて本部を出るとき警察手帳だけでなく制服も装備品も全てロッカーに置いて帰る。仕事の予定がある刑事なら持って帰ることはあるが、それでも休日とわかっていて持ち出す者はいない。そんな玲と紫藤の怪訝そうな顔を見て生田はにやりと笑う。

「帰りに本部に寄って置いて行くつもりだった」

ようはうっかり持ち帰ってしまったということだ。小さなため息を吞み込み、目の前のスタッフに顔を向けた。

「捜査一課、警部の宝尾玲です」

「わたしは一課刑事の紫藤亜月」

そういって手持ちの名刺を差し出した。二人を誰何《すいか》した年配のスタッフ、態度の大きさからして恐らく責任者だろう、が手に取り、ようやく納得する目を三人に注いだ。

「そうでしたか、いや、失礼しました。わたしはこのイベント責任者をしている真木《まき》澄夫《すみお》といいます」

「真木さんですか。それでなにかありましたか。さっき、警察を呼ぶとか聞こえましたが」

玲が問うと、真木は目尻を痙攣《けいれん》させて、「ご説明するより、見ていただいた方が早い。警察の方が居合わせたのはなによりだ。一応、一一〇番はしていますが、帰宅する客の車で付近の道路は渋滞すると思いますから、遅れるかもしれません」と早口でいう。

玲は生田を見たあと、紫藤と目で頷き合って、真木について通路の先へと歩き出した。

スタッフ室や機材室とドアに貼り紙のした部屋が続き、その向こうに出演者達の部屋が並ぶ。ドアの貼り紙には、数人がまとまって使っている部屋らしく、名前がいくつも書き込まれている。一番奥の部屋の貼り紙には、名前はひとつしかなかった。

真木が強張った表情で、「この部屋です」という。

「え」と思わず玲は声を上げた。ドアの前で体が硬直した。息が苦しくなってきた。心臓の鼓動が速まっている気がする。汗を拭おうと額に手をやりかけると、後ろから紫藤が玲を押しのけ、さっさとドアを開ける。

「ちょ、待って」

生田までが先に入ろうとするのを慌てて押さえ、なかに飛び込む。

部屋には誰もいなかった。

右側の壁際に横長のテーブルが置かれ、化粧道具や鏡、タオル、ティッシュの箱がある。衣装をかけたラックがあり、全身を映す縦長の鏡、床にはマットが敷かれていた。左側の壁際には備え付けのロッカーに小ぶりの応接セットがあり、スポーツバッグやトートバッグが置かれている。テーブルの上にはお菓子やドリンク類。そして、ソファの側の床に女性が横たわっていた。

顔の右半分を下にしてうつ伏せ状態。後頭部に激しい裂傷が見える。かなりの出血があったらしく体周辺の床に広がっていた。ざっと見た感じ、年齢は二十代から三十代前半。茶色のボブヘアで化粧は濃い目。小太りで長袖の青いパーカーに青いパンツを身につけ、靴は白のフラットシューズ。アクセサリーも腕時計もなし。伸ばした腕の先に白の小さなリュックがあった。部屋には、暴れたり争ったりした形跡はない。不意打ちを食らって後ろから殴られたか。

紫藤は舌打ちしたあと、入場の際にもらったチラシを取り出すと、血だまりを避けて素早く床に広げた。その上を歩いて女の側に行き、生死を確認する。屈んだまま玲を見返り、「死んでいます。死後硬直はなく、体はまだ温かいです」と告げた。広がっている血液もまだぬらぬらとして、流れ出してから間もないように見える。つまり、凶行はほんの少し前に行われた可能性が高い。

紫藤は、そのまま視線をチェアの向こうに転がっている三〇センチほどの高さのブロンズの置物に目をやる。

玲も気づいていた。どこかで見たものだと記憶を探り、思い出したところだ。あれは確か、秋にあるレインバル杯で優勝した際に授与されるトロフィーだ。レインバル地方の伝説から取った牡鹿の像で、蒼が気に入って持ち歩いているとブログでいっていた。ブロンズだから重さはそれなりにあるだろう。鹿の首や角に血糊らしきものが見えるから、凶器と推測される。

「紫藤さん、写真撮っておいて」

「了解です」紫藤は自分のスマホを取り出し、写し始める。そのあいだに玲は、ドアの外に出て真木に話を聞く。

「ご遺体はどなたですか」

「わかりません」と真木は首を振る。

「最初に見つけたのはあなたですか？」

それにも真木は首を振った。では？　と訊くと、真木は頷き、「この部屋を使っている者が身支度を整えに戻った際、発見したと知らせてきました」と答えた。玲は、大きく胸を上下させる。

「では、この部屋を使っておられる方に詳しいことをお訊きしたいのですが」

真木は振り返って、さっき通ってきたスタッフルームの方を目で示し、「宇都宮蒼さんは、あちらにいます。ただ」という。

「ただ？」

「彼も、知らない人だといっていました」

「そうですか。今からお話伺えますか。あと、警察がくるまでスタッフの方を一か所に集めておいてください。その際、全員が揃っているか確認していただけますか」

玲の言葉の意味に気づいて、真木は一瞬、頬を強張らせたが黙って頷いた。玲は指示を続ける。

「会場の外へはもちろん、先ほどの関係者用出入口を出入りすることもやめてください。どうしても移動したい場合は目的と向かう場所を明らかにしてから動いてください」

「わかりました」

「それと、スタッフ、出演者全員の氏名住所などがわかる名簿もお願いします。また観客の氏名などは」

「今はだいたいネットで買われるので、チケットサービスの方である程度は確認できるかと思います」

そうですね、と玲は頷く。念のため、観客も把握すべきだが、感触としては今のところその線は薄い。現場がこの控室なら、外部の人間はそう簡単には入れないだろう。万が一、入れたとしても、通路の一番奥の部屋だ。ここに辿り着くまで誰かの目につくことになる。

視線を向けると生田も同じように考えたのか、小さく頷いている。

「犯人はどうやってこの女性をなかに入れたんだろうな」

犯人も被害者も部外者なら、人目を引く。ただ、スタッフと同じ黒いTシャツを着ていたら誤魔化せるかもしれない。しかし、遺体の女性はスタッフの格好ではない。

通路の先を見て、玲は尋ねた。

「こっちの奥はどうなっているんですか」

「ああ。必要ないスペースなので板壁で塞いでいます。観客や蒼のファンが入ってきたら困るので。ただ、リンクに出る通路だけは確保しています」

「つまり、この奥からもリンクに出られるんですね」

「ええ。リンクというか、待機スペースですが」

リンクは様々なライトで彩られている。邪魔にならないよう、待機スペースの灯りはほとんど落とされているのではないか。あとで確認してみようと玲は思う。

やがて紫藤が部屋から出てきてドアを閉めると、玲に合図する。

「では、真木さん、この部屋には誰も入らせないようにしてもらえますか。鑑識作業を行いますので、それまではなににも触れず、近づくこともしないようお願いします」

「わかりました」

「この辺りに誰か立っててもらったらどうだ」生田がいうので、玲は真木に依頼する。

「ここと、あと先ほどの出入口にも誰か、二名ずつでお願いします。警察がきたら交替してもらってスタッフの集合場所に合流していただくということで」

「いいですよ」そういって真木はスタッフの若い男性を呼び、指示する。その様子を見て、玲はスタッフらから少し距離を取り、生田や紫藤と顔を突き合わせた。

「管理官、うちでよろしいですね」と玲が睨むようにして生田を見る。

「まあ偶然とはいえ、君がこの場にいたんだから宝尾の班でいいとは思うが。大丈夫だろうな」と玲の目を覗き込むようにして問う。思わずむっとしかけるが、紫藤までもが心配そうな顔つきをしているので、余裕があるように口元を弛めた。「仕事と推し活は別です。問題ありません」

「わかった。じゃあ、俺の方から一課長に連絡しておく。所轄がきたら俺から説明する。紫藤、他のメンバーに招集をかけろ」

「了解です」といってスマホを取り出す。玲が目を上げると、真木がこちらを見ていた。近づいて、「じゃあ、第一発見者に話を聞きましょう」と告げた。紫藤が慌てて、「それならわたしが」と口を挟んでくるのを、殺意を込めた目で封じた。

玲は真木について通路を歩き出す。心なしか、膝が震えている気がしたが、たぶん気のせいだろう。

＊

宇都宮蒼は、パーフェクトだ。

先ほどの雨の精の衣装のままで、髪や頬についているラメが、頭を振るたびきらりきらりと輝く。パイプ椅子に背筋を伸ばした姿で座り、真っすぐに玲を見つめてくる。人並外れた容貌や肢体、それを五〇センチも離れていない距離で目にし、玲は吐き戻しそうなほど緊張したが、後ろに控える紫藤の冷ややかな視線を感じて、なんとか気持ちを落ち着かせる。

「宝尾玲といいます」

「宇都宮蒼です」

年齢、身長、体重はもちろん、出身地や学歴、好きな音楽や好物、趣味にペットの名前までほとんど把握しているので訊く必要はないのだが、一応、形ばかりに尋ねる。

蒼は、事件のせいで顔色こそ悪くしているが、黒く濡れたように輝く目には、アスリートらしい頑丈そうな意志が窺えた。玲の質問に、青空のような清々《すがすが》しい声で、ひとつひとつ丁寧に答える。

年齢は二十四歳。長野県出身。C大学卒で所属はバイオジャスティスクラブ。身長一七五センチ、体重は五七キロ前後。両親と姉が一人。

蒼が出演するのはオープニングと三分間のSP、そしてファイナルだけだ。出番がくるまで控室にいて、知ったスケーターらとお喋りをしたが、みな一時間前にはいなくなったらしい。それからストレッチなど準備運動を始めた。そのあいだは当然一人きりで、被害者は見ていないという。

「控室を出た時間とパフォーマンスを終えて戻られた時間はわかりますか」

蒼はしばし黙考したあとスタッフの男性を見て、「こちらのスタッフが呼びにこられたのが、一時三十分くらいで、終わって真っすぐ部屋に入りました。午後二時を十分くらい過ぎていたと思います」といった。

隣で真木が、首から丸い時計を提げているスタッフを見返りながら、「間違いないな、道枝《みちえだ》」と確認するように問う。ネームストラップにはアルファベットで、MICHIEDAとあり、タイムスケジュールと進行係を務め、全体を把握しているスタッフの一人だといった。蒼の出と戻りにはフォローしているので、今いったので間違いないと、はっきり告げる。

背が高く、細身で病的なほどに顔の白い男性で、三十代半ばくらいだろうか。紫藤が名前の漢字を訊いてメモし、出番表と進行表をもらう。その二つは演者らの控室にも、スタッフルームにも貼り出しており、全員が把握できるようにしている。

蒼が控室を出たのが一時三十分くらいで戻りが二時十分なら、四十分ほど誰もいない時間があった。そのことはほぼ全員が知っていたことになる。

「そのあいだに、誰かが控室に入ったのを見かけたとかは？」

玲が誰ともなく尋ねると道枝が、進行係なのでずっと動き回っていたと白い顔を傾げた。「スタッフはみな忙しくしていて、誰もいない控室のことまで気にする余裕はなかった筈ですよ」と真木も後押しする。

「道枝さんは、出も戻りも宇都宮さんとご一緒に移動されたんですね」

「はい。ただ、他のスケーターの方とは違って、反対側の通路から行きましたけど。そっちからの方が近いので」

「戻りのときも同じ？」

「あ、いや。戻りは、お疲れさまって見送っただけで、控室まではついてないです」

すぐにファイナルの準備をしなくてはいけないから、蒼も急いでいたのだろう。玲は再び、蒼に顔を向けた。

「ご遺体が知らない人だというのは間違いないですか」

「はい。見たことない方です。もっともよく顔を見たわけではないのですが」

「ファンの方では？」

蒼は首を振り、「そうかもしれませんが、お会いした記憶はありません」という。

「戻られたときは、お一人だったんですね？」

試合ならコーチやマネージャー、蒼のスタッフがついている。

「今回は僕だけが帰国したので全て一人でしています」

「部屋の鍵はどうされていますか」

「かけていません。特に大事なものはないですし。通路にはスタッフか誰かがいますから心配していません」

「あのレインバル杯のトロフィーですが、宇都宮さんのものですか」

そこで蒼は目を丸めた。まるで子猫のような可愛い目になって、玲の胸は一瞬跳ね上がる。

「よくご存じですね。そうです。牡鹿のブロンズ像は僕のものです。じゃあやっぱり、あれが？」とあとの言葉を濁す。大事なトロフィーを凶器に使われたならショックだろう。玲は質問を続ける。

「あのトロフィーはどこに置いてありましたか」

「化粧台の上です。いつもそこに置いていています」

「リンクに出る前も？」

蒼は頷く。

「滑走から戻って控室に入るまでで、なにか気になることや気になる人は見ませんでしたか。いつもと違うというような」

蒼は腕を組み、うーん、と唸る。腕や肩にある蛍光テープがぴんと伸びる。

「いつもと違うかといわれても、今回のイベントは僕も初めてなのでよくわからないですが、一般的なアイスショーと比べてなら、特に変わったことはなかったとお答えするしかないです」

なんと理路整然としたしっかりした答えだろう。玲は、感心した顔で思わず紫藤を振り返るが、全く無表情なのを見てすぐに向き直る。

生田が部屋に入ってきた。玲に向かって顎を振り、「渋滞したからか機捜と所轄が一緒にきた。ちょっと指示してくれるか」という。

「わかりました」といって立ち上がり、蒼に目を向けた。

「あとでまたお話を伺うかもしれません。もう少し、残っていただけますか」

蒼は、もちろんです、と大きく頷き、躊躇《ためら》ったのち、「着替えても大丈夫ですか」と訊いた。他の演者らは既に着替えていたが、蒼だけ衣装をつけてスケート靴のままだ。

「鑑識にいって、着替えだけ先に運ばせます」

「ありがとうございます」

蒼は立ち上がり、綺麗に体を折り曲げた。

*

「なんで班長と管理官と紫藤がいるんです？」

國枝太一が開口一番つまらないことを訊く。刑事畑ひと筋のベテランだが、ちょっとくせのある五十六歳の巡査部長だ。玲は答えず、集まった班員に状況を説明し、所轄や機捜と協力して関係者全員から供述を得るように指示した。

「外部からの侵入は難しそうですね」

紫藤より少し先輩になる小向井輝巡査部長が、珍しそうに辺りを見回しながらいう。檀芳樹がすかさず、「まだわからん。どんな建物でも時間や環境によって状態が変わる。関係者エリアは一見囲まれているが、あんなでかいリンクがあって、広い観客席があるんだ。いくらでも可能性は出てくるだろう」と指摘した。檀は警部補で、三十半ば過ぎながら非常に活動的でクール。人の思考の先を行く優秀な刑事で、娘を溺愛している。

檀がなにげなくいったでかいリンクという言葉で、玲ははっとする。

「紫藤さん、所轄にリンク際の通路を閉鎖するようにいって」

紫藤も思い出して慌てた顔をした。「鑑識にも知らせます」といって脱兎《だっと》の如《ごと》く駆け出すのを見て國枝が、なんですリンク際の通路って、と尋ねる。説明すると國枝だけでなく檀までも、うーむ、と唸る。

「そんなのがありゃ、外部から出入りし放題じゃないですか。通路から待機スペースに出られるんでしょう？　そこを横切って奥側の通路を入ればすぐ控室だ」と國枝が呆れた顔でいう。

「だけど演者らが使う通路ですよ。幅は一メートルもなく、途中、隠れる場所もない。待機スペースには人が大勢いるから、見知らぬ人間が通路から現れたら誰かが気づくでしょう」

玲は、口早に説明するが、喋っているうち段々と冷静になってきた。

「だいたい通路といっても、板で目隠ししただけのもの。倒れないよう頑丈に設置はしてあるでしょうけど、女性が乗り越えて入るには難しいと思う。なにより観客から丸見えになる」

特に、被害者のあの体型からして、身軽く乗り越えるとはいかないだろう。リンク際でバタバタしていたら観客がざわめき出し、スタッフが気づくことになる。だが、またも檀が鋭く反論してきた。

「ショーの最中なら、スタッフがなにか作業していると考えるかもしれない」

「ガイシャの格好は到底、スタッフには見えないと思うけど」

「夏に長袖のパーカーってのは、作業着のつもりじゃないですか」と國枝までも加わる。

「長袖にパンツというのは寒さ避けでしょう。アイスショーに何度もきている人間ならリンク際が冷えるのは知っている。青色は宇都宮蒼のイメージカラーだから、被害者がフィギュアファンである可能性は高いと思う」

「なるほど。班長、よくご存じですね」と國枝が素直に感心するのに、玲は目を瞬かせて、まあそれくらいは、と誤魔化す。

「ともかく、犯人にしてみれば極力姿を見られたくない心理が働く筈。わざわざ人目につくところから出入りするとは思えない。しかも被害者と二人なのよ」

「一緒に入ったとは限らないですよ。犯人がこのショーの関係者なら、侵入は被害者一人。しかも殺害されると思っていなかったのなら、観客の目に触れることにそれほど抵抗はなかったんじゃないですか」と檀は突っ込む。

しかも、待機スペースは灯りを落としていてショーのあいだじゅう薄暗い状態だった。だから通路を抜けてきても誰かわからなかったのではないかという。檀は到着してすぐ、一人で念入りに会場を確認して回っていた。もしかすると誰よりも当時の状況を把握できているかもしれない。

「通路から演者でもない、あんな格好をした人間が出てきて気づかないと？」

待機スペースでは出演者が緊張しながら出番を待っていた。スタッフらはリンクの状況を見ながらスムーズに進行できるよう準備し、確認し、あちこちに目を配っていた。リンクを照らす灯り以外の照明はなく、多くの人間が影となって蠢いている。そのなかをあの遺体の女性が歩いて控室まで行った？　フィギュアファンなら、知ったスケーターを見て歓喜し、きょろきょろしたのではないか。明らかに不審な行動をする人間に誰も気づかないなどあるだろうか。ご遺体はフィギュアファンではないのだろうか。いや、刑事としてでなく同類としての玲の勘が、彼女が熱烈なフィギュア、特に蒼のファンであることを示している。

当時の様子を頭のなかで想像しながら、目を細めた。

「自分が殺害されると思っていなかったとしても、そんな妙な形で呼び出されることに疑いを抱かなかったのか」

そういいながら、フィギュアファンなら関係者エリアに入れるといわれれば、どんな無茶もしたのではないかと思う気持ちも湧く。

さすがの檀もその点はおかしいと感じるらしく、「関係者一人ひとりに話を聞きます」とだけいった。また所轄の刑事を精いっぱい働かせるのだろう、と玲は小さく息を吐いた。視線を向けると國枝が顎を撫でさすりながら思案顔をしている。そしていきなり身を翻して歩き出した。

「國枝さん、LINEでもいいから必ず連絡してください。捜査本部は管轄の署になると思いますが、時間はあとで知らせます」

玲が叫ぶようにいうと、國枝は例によって背を向けたまま片手を上げる。だが、ふと立ち止まってこちらを見返った。玲は、あら？　と思う。

「班長、ガイシャの身元がわかったらLINEお願いします」

それだけいって歩き出した。玲は小さなため息をまたひとつ吐く。

*

場所が広過ぎて、鑑識作業はなかなかはかどらなかった。生田が、とにかく関係者エリアを重点的にしてくれと指示する。

そんななか、問題となっていたリンク際の通路のうち、東側を調べていた鑑識から報告があった。紫藤が、ビニール袋に入ったものを提げながらやってくる。

玲はひと目見て気づいた。紫藤が期待するかのような顔つきで待っているので、仕方なく、「宇都宮蒼さんのものかもしれない」と答える。

ピンバッジ。絵柄はスケート靴。蒼がまだジュニアだったころ、海外の遠征先の雑

かけることはしなかったのでは、という。
、紫藤に冷たい視線を投げられ、慌てた。「別に私
都宮さんならなにも、あんな妙なところから招き入
にいえば、なんでわざわざこのイベント会場で殺す
てみれば確かにおかしい。
かもイベントの最中だ。人が大勢いる。ショーに注
でも誰が見ているかしれない。関係者エリアだって、
いる。そんな危険を冒してまで、なぜこの場所を選

テーブルを置いて簡易的に取調室風に設えた。そこ
紫藤が向き合う。
ール袋を差し出すと、蒼が手に取って大きく頷いた。
どこにありましたか」

貨屋で見つけて買い求めた。そのときの試合で良
にしていたものだ。本人は盗まれたとは言及しな
トで売買されていた。それからも、大したもので
値で売買されているとわかり、試合会場や遠征先
が厳しくなった。選手らも、大事な物や高価なも
「これが例の通路に落ちていたの？」玲は手に取
し、古びた感じからして、ずい分前に蒼が買った
「はい」
「被害者が持っていたのかもしれんな。出演者は
歩くってのも妙だからな」
　生田が意見をいうと、紫藤も、「本人が落とした
「本人？　宇都宮蒼のこと？」
　玲が呆れた顔で紫藤を見るが、いたって本気の
　つまり、なんらかの方法でピンバッジを取り戻
被害者が板壁を乗り越えて通路に入ってくるのを
うっかり落としてしまった。蒼と一緒なら被害者

い」

　ファンだからわかる。どれも軽いものばかりだ。持ち歩くことに抵抗などない。

「でも板壁を乗り越えるなら邪魔になるかもしれません」

　考えられるのはそれだが。しかし。

　スマホがバイブした。画面を見ると、檀からのＬＩＮＥだ。國枝の影響なのか、檀までもが上司への報告をＬＩＮＥですませようとする。電話しようと思うが、取り調べ中ならまずいかと考え直し、画面を開けた。

「友加里はネットを駆使して、色々、グッズとか購入していたらしいわ」

「じゃあ、やっぱりあのピンバッジは友加里のもの？」

「かもしれない。蒼のものなら、どんな値段でも買っていたと兄がいっているそうよ」

「怪しいですね、その兄」

「檀さんが気にしていることがある」

「なんですか」

「友加里は心から蒼のファンだった。だから蒼のものなら盗品であっても手に入れただろうけど、蒼の嫌がることをするヤツに対しては怒りを覚えていたらしい。その点

が引っかかるといっている」

「どういうことですか。檀さん、それのなにが引っかかるんでしょう」

「そういう妙な正義感があると認めている兄が、散財するからという理由で妹を殺すだろうかって」

「でも、借金の肩代わりをさせるような碌でもない妹なんですよね。会場前で摑まえて説得したけど聞き入れなかったから、とうとう堪忍袋の緒が切れたってことじゃないんですか」

「そうね。とにかく、所轄にいってグッズとかを探させましょう」

「はい」

紫藤は駆けるように部屋を出て行った。

床にある人型のマーキングを見下ろし、玲はしばし尾瀬友加里の生前の姿を想像した。顔を上げて、縦長の鏡のなかにいる自分を見つめる。

「わたしも、蒼の大切にしている物を盗むヤツは許さない」

＊

観客席の灯りは落とされている。リンクは頭上のスポットライトが落ちているだけで、光が当たっている氷の面が、宝石のような煌《きら》めきを放っていた。

玲は、靴のままリンクに上がる。滑らないよう歩いて回りながら、エッジで削られた氷の上の細い幾筋ものの跡を見つめた。

ふと気配を感じて目をやると、待機スペースに人の姿が現れ、リンクに入ってくるのが見えた。玲の方に近づいてくるのが誰か気づいて、思わず胸が高鳴った。深い呼吸をし、自分が警察官で、事件を担当する班長であることを何度もいい聞かせる。

「警部さん、寒くないんですか」

蒼は白い半袖のTシャツなので、両腕で自分を抱きしめるように包んでいた。足下は普通のスニーカーだから、スケート靴のように滑るわけにはいかない。それでもまるで滑っているかのように滑らかに氷の上を歩く。

玲は油断すると転びそうなので、どうしても妙な力が入る。蒼が近くにきて綺麗に背筋を伸ばした。思わず見惚《みと》れそうになって、目を逸らす。

「いつも応援ありがとうございます」

「え」

「他の人がいるところでお礼をいうわけにはいかないので、警部さんがリンクに上がったのを見て、いえるチャンスかなと思ったんです」

「今日、初めて見にきた客とは思わないいんですか」

蒼は控えめな笑みを作る。「えっと、シトウさんでしたか。女性刑事の方がさっきこっそり教えてくれました」

玲の顔がかっと火照《ほて》る。紫藤はあとで始末する、と心に誓う。

「事件、解決しそうですか。あ、こういうの訊いては駄目なんですよね」

「ええ、まあ」そういって玲は深い呼吸をしたあと、声をかけた。「宇都宮さん」

「はい」

「あの、スケーターの方って滑っているとき、周囲の状況など見えるものですか」

蒼は玲の顔を見て、なにをいわんとしているのかわかったという風に頷いた。

「通常の大会などではそんな余裕はないですね」

「こういったショーでは?」

「僕の場合、今回滑ったのは前シーズンのＳＰですけど、正直、ジャンプなんか必死でした。だから余裕はなかったなぁ」

「ですよね」

「でも、周回しているときなら、視野に入っています」

「じゃあ、リンク際なども？」

蒼は苦笑いする。それすら美しい。

「僕のピンバッジが落ちていたのは、あっちの通路ですよね」そういって身軽く体を回して指を差した。

「そうです」

「大会と違って、リンクはスポットだけで薄暗いから見えそうなもんですが、スポットに当たっている側からは難しいです」

「そうですか」がっかりした声音にならないよう堪える。

「でもね、警部さん」

「はい」

「僕も、たぶんスケーターはみな思っている筈ですが、あの板を越えて通路に入るのは無理だと考えています」

「無理？」

「はい。絶対に」

「それはどうして」

「観客の目がたとえなかったとしても、スケーターは見ています」

「それはどういう意味ですか」

「次の出番を待つ者、僕のスケーティングを見ている者、リンクの様子をチェックする者。引退された方が多いショーですが、僕以上に長年リンクに馴染んだスケーターです」

玲はじっと蒼の顔を見つめる。半袖から覗く両腕にはぽつぽつと鳥肌が立っている。冷気で顔が白くなり、同時に氷のように透き通ってゆく。

「リンクの申し子のような人達がリンクに目を向けている。そんな状況でリンクの際を歩いている人間を見落としたりしない。スピードを出して滑っているときに、なにか異物が飛び込むようなことがあってはならないからです。薄暗くても、リンク越しでも、通路でなにかが動けば、みな気づく。動体視力は平均以上の人ばかりです」

「通路は侵入経路じゃないと？」

蒼はゆっくり頷く。「僕はそう思います」

玲は、蒼の吐いた息が白く揺れるのを見つめた。そのとき、待機スペースの方から声がした。

「班長、グッズが見つかりました」紫藤が大声で叫びながら手を振っていた。

「え」

振り返った拍子にバランスを崩した。思わず腕を広げて堪えようとしたが、冷えて固まった体はすぐには動かなかった。転ぶと思った瞬間、脇から強い力で支えられた。すぐ側に蒼の顔があり、あっと思った瞬間、その顔も消えて体が落ちた。

蒼も転んで、その上に玲は倒れ込んでいた。

「すみません。スケート靴なら滅多に転ばないんだけど」

赤く頰を染めて笑った顔は、玲には一生忘れられないものになった。この笑顔は信じられる、そう思った瞬間、閃いた。シンプルに考えよう。

なんとか立ち上がったあと、蒼に手を引かれるようにして紫藤の元へと向かう。紫藤がにやけた顔をしかけるのを睨みつけた。

「紫藤さん、管理官を呼んで」

一瞬、きょとんとした顔をしたが、すぐに目を光らせ、「わかりました」と返事した。

「寒いなぁ。俺もなんか毛布でももらってくれば良かった」

*

生田がぶつぶついう。

「なにがあるんですか」

真木は半袖のTシャツでも寒くないらしく、こめかみに汗を滲ませている。靴のまま　リンクの中央にいる玲の側にくると、不思議そうな顔で周囲を見回した。全てのライトが点っていて、演者やスタッフなど全員、集められていた。

玲は、厚手の上着を着こんだ演者や黒のジャンパーを羽織ったスタッフらを見て、頭を下げる。並び方を指示したわけでもないのに、イベント会社のスタッフ、演者のスケーター、そして派遣スタッフの三つのグループがひと塊になって横並びになる。半円を描くようにして、前に立つ玲ら刑事らに向き合った。

「こんな場所にお呼びしてすみません。全員が集まれるスペースとなるとここくらいしか思いつきませんので、少しだけご辛抱いただけますか。この会場で起きた事件についていくつかわかったことがあるので、みなさんと情報を共有し、解決に繋げたいと考えます」

すぐ後ろで生田が、「こういうのテレビドラマなら許されるが、本来なら問題になるぞ」と囁いているのを紫藤が宥めている。

「管理官、説得していただいてありがとうございます。ここに管理官がいらっしゃるからこそ班長もこういうことができるんですよね。感謝します」

「当たり前だ。俺じゃなきゃ、誰ができる」

玲は苦笑を呑み込み、「それではまず初めに、被害者尾瀬友加里さんについて」と大きな声で話し始めた。

「このなかで尾瀬さんをご存じの方、若しくは名前を聞いたことのある方はおられますか」

少しの間を置いて、おられませんね、と玲は念を押すようにいった。

「彼女は宇都宮蒼さんのファンでした。推し活をするため、家族に多大な迷惑をかけていました。実際、盗品とわかる彼の私物を買い取り、それを持ち歩くような真似までしていたのです。ですが」

生田がまた小声でいう。「あれ？　宇都宮蒼がいないじゃないか。どこに行った」

紫藤がすぐに、「あとからくるといっていましたが。あ、ほら、こっちに向かっています」というのに生田も目を向ける。蒼はあっという間に派遣スタッフの後ろに滑り寄り、エッジを利かせて止まるが、珍しく上半身をふらつかせた。側にいるスタッフに当たって、小さく頭を下げている。

玲は目の端にそんな蒼の姿を認めたが、なにもいわないまま話を続ける。

「ですが、ここで少し妙な点があります。それは宇都宮さんの推し活をしているのに、彼女は応援グッズをひとつも持っていなかったということです。服装こそ彼のイメージカラーである青に統一していましたが、こういったショーでペンライトひとつ持っていないのは不自然です」

そういうと、演者や真木らイベント会社のスタッフらもいちように頷いて見せた。派遣の人達は不思議そうな顔をしている。いったいそれがなんだというのか、という表情だ。

「それらを犯人が持ち去ったことがわかりました。先ほど、関係者エリアと観客席を仕切る板の向こう側、観客席側に落ちているのが発見されました。ではなぜ、そんなことをしたのか。尾瀬さんが宇都宮さんの命を狙ってここに侵入し、返り討ちにあって殺害されたと思わせたかったためです」

思わずどよめきが起きる。何人かが蒼を振り返ったが、蒼は無表情のままだ。

「そうとなれば、尾瀬さんが宇都宮さんの推し活をしていると知られない方がいいと考えた。熱烈なファンがスターを殺害するなど、ちょっと考えにくいからです。事実、犯人は恨みがあるという脅迫状を作り、宇都宮さんの持ち物に隠し入れました。同時にグッズを回収し、見つからないよう板塀越しに観客席側へと投げ捨てた。外に出るわけにはいかなかったので、そうしたのでしょう。更には、被害者が持っていた彼のピンバッジを、盗品をネットで買い求めたものですが、通路に放った。小さなものです。待機スペースから投げ入れても誰にもわからない」

「だけど、そんなことに意味がありますか。ファンであることはグッズを持ってなくても、見ただけでわかりますよね。家族だって知っているでしょうし」

「家族に隠れて推し活しているのもいるよ」

道枝と有田がいい合う。玲はそんな二人を見つめて頷いた。

「今、有田さんが、見ただけでファンであることはわかるといわれました。実際、わたしもすぐに気づきました」

玲は思わず、しまったと動揺する。顔には出さなかったが、補足しないわけにもいかず小さく言葉を足した。「わたしも宇都宮さんを応援している者ですから」

一番端に立っている蒼が、小さく頭を下げる。

「被害者の服装を見れば、こういったショーにもよく行き、なおかつ宇都宮さんのファンであることがわかります。ですが」

そういって真木や道枝らイベント会社のスタッフ、演者らを見、最後に派遣スタッフの方へと視線を向けた。

「当然ながら、そういったことを知らない、わからない人達もいるわけです。フィギュア推しの活動を見たことのない人にしてみれば、グッズさえなければファンとは思われないと考えた」

道枝と有田が、横に並ぶ演者らを通り越して、派遣らを見る。

小さなざわめきが起きた。派遣スタッフの一人がいたたまれず、声を上げる。

「派遣がそうだとおっしゃるんですか。でも、推し活はしていないけど、わたしは宇都宮さんのイメージカラーが青色ってことくらいは知っています」

玲は頷きながら微笑んだ。

「そうですね。あなたはご存じだった。ですが、知らない方もおられるのではないですか。これまで犯人がしたと思われる行動から、少なくともイベント会社のスタッフと演者さんへの疑惑は薄れます。逆にフィギュアスケートやアイスショーに興味を持っていない方への疑いが濃くなった」

スタッフらが互いの顔を見合わせ、口々にいい合う。さすがに真木が、責任者らしく言葉を挟んだ。

「しかし、刑事さん。関係者のなかに犯人がいるという仮説はともかく、フィギュアファンでないというだけで犯人というのは飛躍し過ぎじゃないですか」

「もちろん、それだけではありません」

玲は口調を鋭くする。たちまち話し声は消え、しんと静まる。

「一番の問題点は、被害者である尾瀬さんがどうやって宇都宮さんの控室に入り込んだか、です。犯人が関係者であれば問題ありません。ですが被害者は違います。見るからに一般人で、どちらかというと目立つ格好でした。現場で着替えさせた痕跡がないことは、鑑識からの報告で確認しています。さて、尾瀬さんはどうやってなかに入ったか」

うーむ、と真木が腕を組む。隣で道枝と有田も固唾を呑んでいる。派遣スタッフは鳴尾と滝本を含め、みな不安そうな表情をした。

「考えられるのは、二か所です。リンク際の通路と関係者出入口。ですが、関係者出入口には常に人がいて、出入りする人をチェックしていました」

派遣スタッフから安堵の息が漏れる。鳴尾と滝本が同じような笑みを浮かべる。

「では、リンク際の通路でしょうか。確かに、そう思わせようとピンバッジが落ちていました。しかし、その可能性は大変低いと思われます」

「なぜ？」真木が問う。

玲は振り返って、紫藤に報告するよう指示する。

「再度、リンク周辺におられた演者さんやスタッフの方全員に聞き取りをしました。犯行があったと思われる時間、つまり宇都宮蒼さんが出演される前から終わるまでのあいだ、リンク際の東西の通路を歩いた人も不審なものも見ていないということでした」と紫藤は答えた。

蒼の演技終了後はファイナルになる。全員が総出でリンクに上がり、揃ってラストパフォーマンスをすることになっていた。演者もイベントスタッフもほとんどが待機スペースに集まって、蒼の滑走を見ていたのだ。遠いリンクの隅から出る必要もないから、当然、通路を使う者もいなかった。

「プロフェッショナルであるスケーターの皆さんの証言を信用します」

玲が堂々といい放つと、真木らからでなく、後ろに控えていた生田から文句が出る。

「いくらフィギュアファンだからって、それは買い被り過ぎだろう」

玲は無視し、言葉を続ける。

「リンク際の通路が侵入経路でないとすると、消去法として派遣スタッフが担当していた関係者出入口がそうではないかと考えます。加えて、犯人がフィギュアファンでなく、アイスショーをちゃんと見たことがない人物である点から考えると」

まさか、と声を上げた滝本は、不安そうに両手を胸の前で握り締めた。

「犯行時刻と思われる時間帯、出入口を担当していたのは、派遣スタッフの鳴尾さんと滝本さんですよね」そういって玲は二人を見つめた。「お二人はフィギュアスケートに興味がないというようなことをおっしゃっていました」

鳴尾と滝本は、聴取した際にこう答えている。

『仕事だからきてますけど、別にスケートとか見るのが好きなわけじゃないですから』

『わたしもこういうところにくるの初めてです』

そんな二人にいっせいに視線が集まった。鳴尾と滝本はすくんだように体を強張らせる。

「お二人はどちらかがトイレに行くことで、一人で就いていたときがありました」

「そんな。わたし、誰もなかに入れていません」

滝本が涙目になって訴える。鳴尾も隣で、憮然《ぶぜん》とした顔をしながら首を振っていた。

「そうですか？」

＊

玲が一歩前に出る。氷の上だから滑らないよう慎重になり、つい動きが硬くなった。

「なかに入れたところで、スタッフさんや演者さんがうろうろしているんですよ。絶対に気づかれます」と鳴尾がいい募る。

玲は振り返って紫藤が手に持つものを受け取り、前に出して広げて見せた。

「その黒い布は？」と真木が尋ねる。

「出入口を入ったところに色んな荷物が雑多に置かれていますよね。それを隠すために黒い布が被せてありましたが、これはその一枚です。さっき拝借してきました」

ああ、とスタッフの何人かが思い出したように頷いた。

「まさか」といって鳴尾が小さく笑う。「黒い布で体を包めば誤魔化せるだろうっていうんですか？　信じられない。それこそ変だと思われる」

尾瀬友加里は青い上下を着ていた。だから全身を包み込むしかないが、そんなことをすれば余計に目を引く。

「確かに。でも、全身でなければ？」

「え」

「鳴尾さん、あなたが一人でいたとき近くにスタッフの人がいたそうですね」

いきなり話が変わって、鳴尾はちょっと息を止める。そしてすぐに落ち着いた顔に戻して、「ああ、そうだった。そうですよ、そんな変な人をなかに入れたらすぐに気づかれました。えっと、あのときおられたのは」とイベントのスタッフの方へと首を伸ばした。

その前に紫藤が先にいう。

「既に特定して話を聞いています」

「あ、そうですか」

紫藤が手招きして呼ぶと、道枝の側にいた若い男性スタッフが前に出た。玲が問う。

「鳴尾さんが一人でいたとき、近くにおられたんですよね」

「ええ、はい」とスタッフは答えた。

「滝本さんがトイレに行くところは見ていないんですね？」

「俺が出入口近くで探し物を始めたときは、もう一人しかいませんでした」

「そのとき、誰かが外から出入口を通ってなかに入ってきたんですよね」

「そうです」

「誰かはわからない？」

「さっきもいいましたけど、俺はパーティションの陰で忙しくしていたんで、ちゃんとは見てないです。それに小さな荷物を持っていて俯《うつむ》き加減だったから、顔までは見えなかったな。でも、黒い上下を着てストラップを首にかけていたからスタッフに間違いないですよ」

「そうですか」そこで一拍置いて、更に尋ねる。「では、改めて訊きますが、そのとき、鳴尾さんはどんな服装だったでしょう。覚えていますか」

「え？　彼女の方？　どんなって。そりゃ黒い上下でしょ」

「上は？」

「上？　スタッフTシャツですよ」

「Tシャツですか。半袖の」

「はい」

「ストラップは？　ストラップは見ましたか」

　男性は、う、といって黙り込む。首を傾げて、「ちょっと覚えてないな。でも、派遣さんの顔は知っていたんで、その人が出入口にいたのは間違いないですよ」

「わかりました」

玲はそういったあと、視線を鳴尾に向けた。鳴尾の目尻がひくりと痙攣したように見えた。

「じっとしていると寒いから、お二人は確か黒いジャンパーを着ておられたんじゃなかったですか。わたし達が事件発生を聞いて、出入口から入ったとき、追い駆けてきたあなたはジャンパーを羽織っていた。どうして、そのときだけ黒い半袖Tシャツだったんです？」

「それは」

玲は低い声で問う。

「そのとき、尾瀬友加里さんにジャンパーを着せてなかに入れていたからじゃないですか。下半身だけ黒い布で覆って、あなたのストラップを首にかけさせた。荷物を持つことで顔を俯けるようにした。すれ違った程度なら、スタッフと見間違える。イベント会社と派遣のスタッフが入り交じっている現場なら、知らない顔があってもおかしくないですしね。あなたは尾瀬さんに通路の奥にある宇都宮さんの控室に行けと指示した。違いますか」

そして、鳴尾の隣にいる滝本に目を向けた。

「体が温まるからコーヒーを飲んだらいいと勧められませんでしたか」

「え。ええ」戸惑いながら答えた滝本は、鳴尾を横目で見る。同じ派遣スタッフだから、滝本が寒がりでトイレが近いことは知っていただろう。知っていてコーヒーを飲むよう仕向けた。

「たとえトイレに行かなかったとしても、なにか用事をいいつけて席を外させるつもりだった」

鳴尾は顎《あご》を引き、口をきつく引き結ぶ。戸惑いながらも口を開いたのは真木だった。

「つまり、スタッフが見たのは被害者だというんですか」

玲は頷いた。「滝本さんが戻ったあと、今度は鳴尾さんがトイレに行く振りをして席を外した。そのまま控室に行き、待っていた被害者を撲殺したんです。更に、脅迫状を宇都宮さんのバッグにねじ込み、グッズをかき集めて捨てに行った。ジャンパーは先に被害者から取り戻して、身に着けていたでしょう」

「違う」鳴尾が甲高く叫ぶ。「いい加減なこといわないでっ。なによ、いったい、なにを証拠にそんなことというのよ」

「証拠はあります」

「証拠？」

「今、この場でお見せします」

玲は右の手を高々と上げた。そのままの姿勢で鳴尾を睨んだ。

「あなたは、宇都宮さんの控室で凶行に及んだあと、グッズをかき集めたり、脅迫状を作ったりした。そのため、知らないうちにそこにあるものに触れてしまった。被害者が倒れていた側のテーブルには、蛍光テープの切れ端がたくさん落ちていましたよ。蒼さんの衣装につけていたものです」

「はあ?」

「ライトを落としてください」

玲は大きな声で叫びながら、ちらりと視線を紫藤に振った。紫藤と数人の刑事が小さく頷くのを認め、合図のように右手を下ろす。

途端、灯りが全て落ちた。一瞬にして真っ暗になった。声が上がり、影が蠢《うごめ》く。ただ、非常灯や関係者エリアの灯りがあるからぼんやりとは見え、パニックを起こすまでには至らない。

「出ました」と紫藤が声を上げた。

声のする方へと、みながなんとなく顔を向ける。暗がりのなか、ぼんやりと青白い光が浮かんだように見えた。蛍の光に似た小さなものがいくつか、鳴尾の体と思われる部分から。

「なに？」

「え。まさか蛍光テープ？」

衣装を担当していた有田の声だ。

「嘘よっ」と鳴尾の声が被さる。

「それをどこでつけましたか、鳴尾さん」玲は鋭く問う。

「ふざけるなっ」

いきなりの怒声に、近くの女性スタッフが驚いて小さな悲鳴を上げる。

「灯りを点けて」玲が指示すると、すぐに天井が明るくなり、リンクを照らした。

眩しさに目をすがめながら見ると、鳴尾が怒りに目を吊り上げて玲を睨んでいる。

そして素早く視線を振って蒼を見つけると、指を差した。

「さっき、そいつがぶつかってわたしにつけたんだ。なにが蛍光テープよ。いい加減なことといって証拠をでっち上げる気？　そんなことで、わたしを犯人に仕立てようなんてそうはいくか。警察は汚い。蛍光テープなんかつけてない。絶対、つけてない」

「絶対ですか。あの部屋にそんなものがなかったと知っているからですか」

「ふん、そんなことをいって口を滑らせようったってそうはいかない。わたしは控室なんかに入っていないから。だからテープのこともなにも知らない。わたしは今日、一度だって部屋には入っていないからね」

「事件のあとも入っていないですか」

「入っていないわよっ」

「そうですか。では、どうしてついたんでしょう」

「だから、この男がわたしにわざとぶつかったとき」

「わざとぶつかって、それから？」

「だから、蛍光テープをくっつけたんだって」

「蛍光テープ？　そんなもの、どこについています？」

「え」

鳴尾は戸惑いながらも自身の体を見回す。首を回して背を見、ジャンパーの裾を引っ張って忙しなく裏表を見る。

「蛍光テープじゃありませんよ、鳴尾さん。光ったのは」

「なに？　どういうこと？」

鳴尾は動きを止め、怪訝そうに眉を寄せる。周りにいる真木やスケーターらも不思議そうな顔をした。

「紫藤さん」

「はい」

紫藤と男が二人、ゴーグルをつけたまま鳴尾の後ろを回って前に出る。手には小さなペンライトのようなものを持っていた。

「二人の男性は、うちの鑑識課員です。そして手に持っているのは通称、ブラックライトと呼ばれるもので、血痕であるかどうかを簡易に見極めるためのものです」

「血痕……？」

「そうです。尾瀬さんは後ろから撲殺されていました。鹿の像のトロフィーにはあちこち尖った部分があり、相当、血が出た筈です。ジャンパーかTシャツかパンツのどこかに飛沫がついたでしょうが、黒いから見た目にはわからない。今、暗がりに点ったのは、血痕があなたの衣服に付着していることを示す光です」

しんとリンクの上が静まった。玲の言葉の意味を反芻《はんすう》するような息遣いだけが響く。

「鳴尾さん、その血痕をどこでつけたんですか。今、あなたは控室には一度も入っていないといいましたね。今日は一度も。事件の前もあとも。つまり尾瀬さんの血があなたの服につく機会はなかった。凶行のとき以外は」

その瞬間、悲鳴が上がった。

鳴尾が近くにいた女性らを次々と突き飛ばして転がし、混乱する隙にリンクの上を走り出したのだ。

「紫藤、捕まえろ」

生田が叫ぶが、肝心の紫藤はスタッフに巻き込まれて氷の上で転んでいる。鑑識課員に助け起こされようとしているところだった。リンク際から國枝や小向井を始め、所轄刑事らがいっせいに飛び出す。玲も走り出そうするが、みな氷のせいで思うように進めない。なかには尻もちをついたり、体を揺らしたままバランスを取ろうとしている者もいる。犯人を逃がさないためにも囲われているリンクはいいかと考えたのだが、思った以上に難儀する様子を見て、玲は激しく後悔する。

そのとき、氷を削る鋭い音がした。玲ははっとして振り返る。目の前を蒼が弧を描くように滑走するのが見えた。じょじょにスピードを上げている。あっという間に、リンクの隅に向かっていた鳴尾に追いつく。蒼は鳴尾にぶつかるかと思うほど間近にまで迫り、数センチ前を速度を落とさないまま滑り抜けた。鳴尾は蒼の勢いに煽られ、バランスを崩して思いきり転倒する。そこに刑事らがいっせいに飛びついた。

「確保ーっ」

その声を聞いて玲は大きな安堵の息を吐いた。紫藤は拳を作って、「やった」と声を上げる。勢い余って、再び氷の上にひっくり返った。

「大丈夫ですか」

氷に慣れたスケーター達が手を貸し、リンクの上に転がっているスタッフらを抱え起こしている。

玲はそんななか、腰に手を当てながらなめらかに滑り戻ってくる蒼を目で追った。近くまでくると顔を上げ、笑みを浮かべるのを見て、玲は小さく頷き返す。

真木が頭を掻きながら側にやってきた。

「刑事さん、宝尾警部さんでしたね。いや、驚きました。こういう展開になるとは」

玲も鼻から深い息を吐き出したあと、軽く頭を下げた。「ご協力、感謝します」

「いや、我々はここに集まっただけですが。でも宇都宮くんは、最初から知っていて手伝っていたんですか」

そこで玲は首を傾げる。

「彼には、少し遅れてリンクに入って欲しい。その際、派遣の方の誰かにちょっとぶつかってもらえないかとお願いしただけなんですが」

「それだけ？　じゃあ彼は、自身の判断でスケート靴を履いていたってことですか。こうなると予測して？」

真木が戸惑ったような顔で訊くが、玲にもわからない。

生田が、「おい、危なっかしいことするなよ」と八の字眉のまま、そろりそろりとへっぴり腰でやってくる。手には紫藤が落としたブラックライトを持っていて、それを振りながら、「出なかったらどうする気だったんだ」と今度は口をへの字にする。

玲は肩をすくめる。

「そのときは、そのときでした。管理官、事件は起きたばかりで捜査本部だって立ち上がっていないんですよ」

＊

鳴尾歩美は、派遣スタッフとしてあちこちのイベント会場の受付をするうち、演者達の私物を盗んで売ることを思いついた。

フィギュア関係だけでなく、これまでも歌手や役者、スポーツ選手などの持ち物をネットに出品して荒稼ぎしていたのだ。高いチケット代を払って見にくる客がいるのだから、盗品でも欲しがる者はいると考えたらしい。

そんなひとつを買ったのが尾瀬友加里だった。ただ、友加里が他の購入者と違っていたのは、兄がいったように、蒼のものならなんでも手に入れたがったが、その一方で蒼を困らせるヤツを激しく憎んでもいたことだ。そのため、家に閉じ籠っている時間を使って、盗品の出品者を追い続けた。掲載された写真の一部から、あまり見ないキャラクターの腕時計を出品者が身に着けていることを知った。そして今回のアイスショーの会場で、スタッフの服を着た鳴尾の腕に同じものを見つけた。

友加里は感情のまま、鳴尾を激しく問い詰め、罵った。蒼に嫌な思いをさせる鳴尾が許せなかったのだろう。すぐに警察に通報してやるとまでいった。鳴尾は、こんな時計、誰でも持っているといっても取り合わず、警察だと繰り返す友加里の態度に途方に暮れた。そして思いついたのだ。

「警察には行くわ。でもその前に宇都宮蒼に会っていけば？　今なら会わせてあげられる。こんなチャンス、もう二度とないかもよ」

鳴尾はそういって友加里を黙らせた。友加里はあっさり、最愛の人に会えるという甘言に乗せられた。

鳴尾は必死で始末する方法を考えた。玲は、なぜ、この場所でなくてはいけなかったのか、ずっと不思議に思っていたが、ここしかなかったと考えれば簡単だった。このとき、この場所で殺害しなくてはならない状況に陥ったからだ。

「それで、宇都宮さんの出番が迫ったとき、尾瀬さんに黒いジャンパーを着せ、下半身に黒い布を巻かせて、出入口から入れることにした」

鳴尾は取調室に入ってから、素直に自供を始めていた。これまで盗んだものについても、覚えている限り、話すといっている。

「滝本さんと交替してトイレに行くといって控室に入り、そこにいた尾瀬さんを撲殺した。それから？」

紫藤が問うと、鳴尾は吐息を吐くように、「あの刑事さんがいった通りです」と答える。

「自分の口で話して」

「……あの女を殺したあと、宇都宮が殺したように見せかけようと思いました。一番初めにここに入るのはあの男ですから。そのためにも、脅迫状があった方がいいかと思ったんです。それでポケットにあった紙切れに、近くにあったペンで適当に、恨みを晴らす、みたいなことを書いてバッグに入れました」

「それから」

「女が宇都宮のファンだとわかったらややこしいかな、って思って」

それでグッズを始末したという。

「鏡を見たら」

「鏡？」

「顔に血がついていたんです。あ、こりゃマズいって思って、顔は洗えるけどTシャツやジャンパーにもついているかもと思うと心配になって」

「それでずっと着ていたというわけね。すぐに逃げようとは思わなかったの？」

「こんなに人がいっぱいいるし。死んだのは宇都宮の控室だし。わたしが犯人だなんて誰も気づかないと思った。だって」

「だって？」

「わたしら派遣のスタッフって、結局、その他大勢なんですよ。顔どころか、名前だって覚えてもらえない。そこの派遣の人、って呼ばれる。正社員と違って固定給じゃないし、こんなイベントなんか一日だけだから、また、次の仕事の声がかかるまで待っていないといけない。それまで貯めたお金で食い繋ぐから、いつも貧乏」

大学は卒業したが、就職に失敗し、生活のためアルバイトや派遣で働き続けた。

「ちっとも就職できなくて。このままずっと派遣なのかなぁって。派遣先に行くと、周りはちゃんと就職できた人ばっかりで。わたしより仕事ができなくても正社員は正社員なんだよね。そのうち、そんな妬みみたいなものも薄れてきちゃったけど。でも、ふっとしたとき、なんでわたしはあっち側じゃないのかって思うんだよね」

「あっち側」

「正社員と派遣のあいだには見えない線引きがちゃんとあるんですよ。どんなに親切にしてもらっても、越えられない線」

「それが盗みをした理由？」

「まあね。せめてお金がたくさんあれば、気も晴れるでしょ。一回、うまくいったら、なんかやめられなくなっちゃった」

「それで尾瀬さんに見つかったとき、どう思ったの？」

「うん。こんな女にまでバカにされるのかって、逆に腹が立った。聞いたら仕事もしてない、実家でぐうたらしているだけだって。なのになんであんなに偉そうなのかわけわかんなくて。顔も覚えてもらえないその他大勢のファンなんか、派遣と変わんないし。それなのに宇都宮に迷惑かけるな、悪いことはするなとかぐたぐた説教を始めるから」

「それで殺そうと思ったってこと？」

「そ。こいつやっちゃえって思った。推しの部屋で死ねたんだから、本望じゃない？」

鳴尾歩美の送検が終わり、一課の部屋は落ち着きを取り戻したが、生田がまだぶつぶついう。

「根拠が薄弱なんだよ」

リンク際の通路か、関係者出入口か。そのどちらかだろうといって、あっさり関係者出入口が侵入経路と判断した玲のことが気に入らないらしい。その裏には、推しである宇都宮蒼への偏った思いがあると疑っているのだ。

「そんなことはありません。わたしなりに熟慮し、冷静に判断したものです」

「だったら、その根拠をいえ。根拠を」

玲は無視して、書類の決裁を始める。更になにかいおうとするのを、横から國枝が言葉を挟む。

「しかし、今回はスピード解決でしたね。検事が珍しく、宝尾班は優秀だなといってましたよ。管理官のご指導がいいのかなとも」

「え。そうか」生田が頰を弛ませる。

檀がしみじみという。

「推し活というのを目の当たりにしましたよ」

今回の件で、玲が宇都宮蒼の推し活をしていることが班員に知れ渡った。だが、そういう檀も、自分の娘が推し活をしていると聞いているから、否定的なことはいわない。「ひとつ勉強になりました」と殊勝な言葉を吐くくらいだ。さすがの玲も苦笑するしかない。

「そうだ、班長」と紫藤が顔を向ける。「今回のことで、宇都宮さんとは良い間柄になれたんじゃないですか。その後、いかがですか。お食事のお誘いとかないんですか」

「なにいっているの。あっちはアスリート。これから大事な試合をいくつも抱えているんだから」

頬が赤くなりそうなので、回転椅子を回して窓を向く。

「ですが、彼の無実を晴らしたことでもあるんですから、なにかしらのお礼はあってもいい気がしますけど」と小向井までもが妙な期待をする。

「そうだ、そうだ。大会とかあるんだろ。いい席のチケットとかもらえばいいじゃないか。どんどん応援に行けよ」

生田までもが尻馬に乗る。

「そういうのは駄目です」玲はさっと振り向き、そして胸を張る。「推し活というのは、チケットを手に入れるところから始まるんです」

「ふーん。そういうものかね」

「でも管理官に、応援に行けとおっしゃっていただけるのはなによりです」

「当然だ。部下らの癒やしを取り上げるような無粋な真似はしない。管理職として当然の務めだ」

「じゃあ今年のグランプリシリーズ、海外の大会にも行っていいですか」

「あ、そうだ。課長に呼ばれていたんだ」

そういうなり管理官はさっと背を向け、ばたばたと部屋から走り出て行った。

玲は軽く睨んだあと、机の上のスマホを握り締めた。

別れ際、ＬＩＮＥを繋いでもらった。玲からメッセージを送ることはないだろう。繋がっているというだけで、それだけで推しファンは充分なのだ。

この作品は徳間文庫のために書下されました。

なお本作品はフィクションであり、実在の個人・組織・団体などとは一切関係がありません。

徳間文庫

県《けん》警《けい》本《ほん》部《ぶ》捜《そう》査《さ》一《いっ》課《か》R《アール》

2025年2月15日 初刷

著者 松《まつ》嶋《しま》智《ち》左《さ》
発行者 小宮英行
発行所 株式会社 徳間書店
東京都品川区上大崎三−一−一 〒141−8202
目黒セントラルスクエア
電話 編集〇三(五四〇三)四三四九
販売〇四九(二九三)五五二一
振替 〇〇一四〇−〇−四四三九二
印刷 製本 中央精版印刷株式会社

ISBN978-4-19-894996-9 (乱丁、落丁本はお取りかえいたします)